梁科慶

Q版特工 38　逃出北京
作者／梁科慶
策劃編輯／周淑屏
協力編輯／羅詠恩
美術設計／陳詩韻
插圖／ Milton Wong
出版發行／突破出版社
香港沙田亞公角山路 33 號突破青年村
電話：2632 0000　傳真：2632 0388
電郵：breakthrough@breakthrough.org.hk
網址：http://www.breakthrough.org.hk
http://www.btproduct.com
承印／陽光（彩美）印刷有限公司
2017 年 7 月初版 1 刷
2018 年 3 月初版 2 刷

Ah Wing, the Secret Agent 38: Escape from Beijing
by Leung For-hing
First Printing, First Edition, July 2017
Second Printing, First Edition, March 2018

Printed in Hong Kong
ISBN 978-988-8392-47-6

本書經文取自《新標點和合本》，版權為香港聖經公會所有，承蒙允准採用，特此鳴謝。

誠邀閣下就突破出版社的書籍發表意見

歡迎加入突破書籍 Facebook page — http://www.facebook.com/btbooks.page

本書採用環保油墨印刷

每一個
年輕人都應當
乘着夢想的
翅膀出航。
成長文學

目錄

序1 周淑屏 ■ 6

序2 廖炳華 ■ 9

1 北京的霧 ■ 12

阿Wing和R接到任務往北京，二人甫踏出機場便受到死亡威脅，恍如置身百里霧霾之中，處境極其凶險。

2 丐幫幫主 ■ 56

丐幫分南北，北丐迄今依然鼎盛。阿Wing在北京得遇丐幫幫主，二人憑掌力將眼前亂象一一化險為夷。

3 山寨工廠 ■ 94

還沒平整的地盤中，破敗的山寨工廠被高牆團團圍住，在敵人環伺之下，阿 Wing 如何憑熟讀《三字經》與「見龍在田」逃離險境？

4 金色電池 ■ 132

頭頂三架「殲 20」戰機列隊呼嘯掠過，「天戈」導彈已然發射，手握金色電池的阿 Wing 如何為人類的命運作出抉擇？

後記 ■ 170

序1

編輯這本《Q版特工38》時，在文稿中錯誤把Q38打成Q48，那一刻，一種感覺冒上來：我真的很想繼續編下去，直至Q48，58，68……

回想初接手編輯Q版特工系列的《奪寶殺機》，經歷了轉換插圖師的改變，然後是《元朗故事》，要改書度、轉直排，一切改變都不是刻意而為，而是時勢使然，難得作者梁科慶先生一直信任及支持我們，放手、放心讓我們改變。期間，雖出現過一些阻滯及有讀者提出不同意見，然而，事實證明Q版特工是經得起改變和時間考驗的。

這本《Q版特工38 逃出北京》梁科慶先生交稿時，看了他寫的後記，一時間百感交集，久久不能釋懷。雖不可說是對他受到的困擾感同身受，但作為一個寫作人，保持心境澄明平靜不受干擾是十分重要的，梁科慶先生因耳疾受到的困擾，換作是我，肯定承受不住。常聽到朋友分享遇過命運的橫逆或患大病之後，會對人對事有不同的看法，對人生會有所得着或頓悟，以至於寫作人的作品亦會邁進更高層次。然而，於慵懶如我者而言，是寧願平安大吉也不大願意藉此才得以邁進更高層次的。

經此一役，希望梁先生在困擾與煎熬過後，得到最好的歇息，生活步伐得以重整，以後更隨心如意地走他的人生路與創作路。

自出版Q版特工系列的第一本至今，這系列著作的銷量節節上升、獲獎無數，令突破出版社上下都感到與有榮焉，我們同心禱告祝願梁先生早日康復。

好的事物，我們都對之有不能割捨之情，好的人、好的物事如是，好的文學

序

作品、好的故事亦如是，因此，我希望能一直編輯Q版特工系列，一直和這麼好的作者合作下去，直至Q48，58，68……更直到永遠。

周淑屏

2017年4月20日

序2

第二十八屆中學生好書龍虎榜今天誕生，科慶憑《Q版特工35元朗故事》獲得十本好書獎項外，更得到中學生選為今屆中學生最喜愛作家。我從系列之初開始負責這書的宣傳工作，感受至深，那份無比的喜悅更是難以形容！

自從《Q版特工1 極度任務》到快將出版的《Q版特工38 逃出北京》，不經不覺已經歷十八年。讀者對這系列的愛戴和傳媒的關注，其中確實有很多叫人興奮的記憶。如某年的香港書展，《Q版特工》的銷售成績蓋過了《哈利波特》；又在十多年前，科慶應無綫電視《財經透視》邀請接受訪問等等，從中可見「Q版特工」系列在當年已很觸目。

序

但是，這個中學生最喜愛作家的殊榮，卻等了十八年，到這屆才頒給科慶。

我天真地想，這也許是上主想給我還在崗位的時候，見證這份多年以來努力的成果吧！

廖炳華　2017年5月1日

1 北京的霧

阿Wing和R接到任務往北京，二人甫踏出機場便受到死亡威脅，恍如置身百里霧霾之中，處境極其凶險。

KB82401

1

「阿Wing，你聽我說，我們的處境極其凶險，外面的敵人都是一班沒人性的傢伙，不受道德規範，對於殺死我們，沒絲毫罪惡感，絕不心慈手軟。你唯一要做的，就是設法替我拆除頸上的枷鎖，一起逃離這塊鬼地方，逃出北京。」

* * *

大約十小時前。

機長透過廣播系統報告，航機即將降落北京首都國際機場，請乘客返回座位並扣上安全帶。

終於到埗了，我伸個懶腰，回身撥開枕頭和毛氈，在屁股與坐墊之間尋到安全帶，把它拉長，圍在腰前，「卡」的扣好。感到航機以一個平緩的角度傾斜下降。把窗簾推高，窗外一片灰濛，航機像衝進一團濃厚的積雨雲之中，不同的是，若飛在積雨雲裏，挾着雷轟電閃的強烈氣流從四面八方不斷衝擊飛機，機身無時無刻的上下顛簸，絕不會如此穩定飛行。看看腕錶，下午一時四十五分，離日落至少還有四小時，又沒雷暴豪雨，天色昏暗得反常。記得先前放下窗簾，是空姐派送「飛機餐」的時候，那時窗外白雲片片，陽光燦爛。如今這光景，若是寫童話故事，我會如此下筆——

從前，有個妒忌心極重的小仙子，不甘心世人在紅日朗照下快樂生活，想出一個頑皮的主意，飛到城市的中心點，舉起神仙棒，向天描劃一道弧線，棒端噴出源源不絕的芝麻粉末，在空中循着弧線迅速結成一張芝麻巨幕，遮天蔽日，烏天黑地，地上的人頓時亂作一團，手足無措。其實，人們要打開芝麻巨幕的封鎖，說對咒語便可以，這咒語大家都聽過，只是想不起來——芝麻開門。

哈哈，就是這麼簡單……

當然，現在寫特工小說，情節不可能出現頑皮仙子作弄世人……

「虧你笑得出。」登機後一直默不作聲的R，瞅着窗外。

「我有笑嗎？」我回過神來。

「我就不敢笑了，毫不樂觀呢！」獨自坐在後面的婦人張口搭訕，一有機會，她就搭訕，「霧霾這麼嚴重，烏墨墨的，搞不好，影響視野，機長不敢冒險降落，安全最重要，是不是？他可能在上空繞圈子，等候天氣轉佳，也可能轉飛上海。不過，我寧願耽誤些時間，總勝過勉強降落，對不對？」

我與R互望一眼，繼續閉嘴，不理睬後面的長舌婦。

我們不理睬，卻有別人理睬，更後的位置，有人附和，長舌婦於是說得更加起勁。

我們登機後不久，即感到「被監視」。這感覺，我沒跟R說，R也沒跟我說，各自憑經驗和防衛意識感受出來。監視者可能是後面的長舌婦，可能是送餐的空姐，亦有可能是坐在左前第三排「走廊位」的白人，放眼機艙，有嫌疑的不下十人，既然不能確定誰是監視者，即使確定了，這刻亦沒必要識破他，我們乾脆靜靜坐着，有默契地不説話，沒不必要的動作，總之不讓監視者得到任何情報。

不期然回想湯主任的話：「在北京城裏，我們的處境艱難，難分敵友，這才請你們北上幫忙。」

「攻角」增大，航機的機頭向下傾斜四度，空姐加快腳步，回到座位，也扣上安全帶。機窗外，機翼下的襟翼開始伸出；腳底下，機腹部位傳來起落架降下時的震動。

「真好，飛機降落了。毋須轉飛上海……」後面的長舌婦自言自語。

機頭向上昂起三度。

「降——」機輪紮實觸地，震盪傳到機艙，座椅左搖右晃。

發動機反推、機翼上的減速板升起、機輪煞車，三管齊下，航機隨即減慢速度，在跑道上暢順地滑行。這時候，尤其國內航班上，總有人離開座位去搬動頭頂的手提行李，我的左後側就有一個，空姐馬上搖手喝止。我懶得回頭去看那人是誰，他或她因此跌倒乃咎由自取，總之不要把行李砸在我的頭上。

滑行了一段，航機駛離跑道，轉入停機區。

「啪啪……」解開安全帶的聲音此起彼落，那些心急的乘客蠢蠢欲動去拿手提行李。真不明白他們心急什麼？待會還要排隊過關入境、還要等候領取寄艙行李，提早下機，不等於提早離開機場。爭先恐後，禮讓等同吃虧，這種「巨嬰」心態實在要不得。

終於離開機艙，R勾住我的右臂，沿着唯一的旅客通道，慢慢走向無人駕駛的列車月台，像一對自由行的情侶，不，稍為更正一下，我們的確是情侶，但不是自由行，而是執行任務。

其餘的乘客急步而上，紛紛超越我們。

玻璃幕牆外面，那張芝麻巨幕仍看似牢不可破，密不透風，不過現在換一個角度仰望，它倒像一幅失敗的國畫，畫師潑墨失手，把潔白無瑕的畫紙弄得一團糟。

好好的一片天空，誰人忍心把它弄得一團糟？

可有辦法令天空回復潔淨？

我們踏過兩道扶手電梯，來到列車月台，剛巧在列車關門前，步進車廂，裏面的全是同機乘客，沒一個快人一步。列車啟動。人人低頭點撥手機，似乎沒人在意我和R，儘管如此，不是我們多疑多慮，那種「被監視」的感覺仍在。我們繼續不言不語，不作多餘的舉動，跟監視者比拼耐性，誓要把對方悶死。

那長舌婦在車尾位置，找到攀談對象，是三個初遊北京的香港青年，她為他們介紹到三里屯喝啤酒、在西單購物、在東來順吃涮羊肉，說得眉飛色舞，手舞足蹈，多半已忘了我和R。當她說到吃烤鴨要喝玉米汁時，列車到達三號航站樓，車門一打開，乘客匆匆搶出，湧向海關櫃檯，排隊的排隊，插隊的插隊。

辦理入境手續，有快有慢，不論快或慢，最後同一批人又在十五號行李輸送帶前面聚頭。

相對於香港，北京人的工作效率一向較為緩慢，我絕不期望行李搬運工人的動作加快。等了二十多分鐘，當第一件行李出現時，周圍的人暫時收起手機，集中注視輸送帶上的行李。就在此時，一張熟悉的臉孔換上一個陌生的體形出現在我的視線範圍之內，是他嗎？奇了，大半年不見，他胖了這麼多，肚腩又圓又凸，身上的加大碼恤衫的衣鈕快要斷線彈飛。

「阿 Wing，真巧啊！」他也看見我，推着行李車從十二號輸送帶跑過來。

「陶公子？」

「他就是曾經僱用梁賢當 Bodyguard 的陶公子？」R好奇地問。

「正是此人。」

「浪費光陰，何苦呢？」R上下打量陶公子，喃喃道：「梁賢早該轉工。」

「梁賢是為了報答陶爸爸……」畢竟R沒參與《Q版特工31死亡拍賣會》，我待要為梁賢解釋，陶公子已來到我們跟前，旁若無人地興奮叫嚷：「真巧呀！竟在北京遇見你……們，這位一定是R了，素仰，幸會。」陶公子在臉上堆滿笑容，向R伸出友誼之手，R卻冷淡地把臉別開，對他不瞅不睬，陶公子沒絲毫尷尬的把手遞向我，我勉為其難拍他的掌心一下，他仍然喋喋不休：「你們來北京遊玩？還是工作？別說，讓我猜……」他湊過來，壓低嗓子，「一定是執行秘密任務。你們做特工的，何來閒情逸致？不是反恐，就是緝兇，好像梁賢那傢伙，做了特工，變成大忙人，明明說好來東莞探我，最後還是放鴿子。」

「行李來了。」R道。

「我來幫忙。」

「不用。」我按停陶公子，逕自把行李箱提離輸送帶，放在行李車上。

「對對對，特工的行李碰不得，誤觸什麼機關，可能彈射毒針、飛箭。我理解的。」陶公子伸伸舌頭。

「你來北京幹什麼？」我轉換話題。

「說來話長。簡單地說，我們在東莞的動物保護中心的地段，最近被財團收購，計劃興建工廠，我們面臨迫遷，本來我打算簡單一點，動用家族基金收購那財團，再命令他們把工廠遷往別處，但會長不同意使用這種土豪手段，於是，我唯有上京，找那財團的CEO談判。」

說着，我們已步出禁區，走到接機大堂。

「陶公子，再見，祝你馬到功成。」我向他道別。

「你們也進城的，一起乘搭機場鐵路吧，難得他鄉遇故知，大家香港人，應該結伴同行。」

「不，有車子接載我們。」

「這時間，從機場入城的道路，堵車嚴重，機鐵則暢通無阻……」陶公子轉眼瞧着我們的行李箱，「啊！我理解的，乘搭機鐵要通過安檢，你們身上有武器，不方便，我理解……」

「阿Wing，我殺死這人滅口，你不反對吧？」R把右手插進衣袋裏。

「我舉腳贊成。」

「吐噻！再見……」陶公子大驚失色，轉身推着行李車急急跑向機鐵站。

R鄙夷一笑，把右手從衣袋裏抽出來，手上空無一物，豎直拇指作準星，以食指作槍管，瞄準陶公子的厚背圓腰，微啟嘴唇，發出一聲輕輕的「嘭」。

「命中目標。」我帶笑推動行李車，跟在陶公子背後，「我們也乘搭機鐵。」

「我們也乘……」R瞅着忙於購票入閘的陶公子，「你不怕他囉嗦？」

「有你在旁，他不敢走近。」

「可是，接我們的人……」R掃視接機大堂，「我明白了，走吧。」

我與R的默契愈來愈好。

既然我們一登機就被人監視，換言之，我們的北行計劃早被「敵人」掌握，下機後乘坐湯主任安排的交通工具，多半在監視者的預計之內。我們不是那種任人擺佈、逆來順受的可欺腳色，臨時改乘機鐵，足以打亂監視者的部署，或可在忙亂之間令監視者露出馬腳。

我們跟在陶公子身後，也購票入閘，入閘前我們那兩箱只得衫褲鞋襪的行李毫不出奇地通過X光檢查，下到月台，登上列車，直至列車開動，出奇地竟沒發現任何可疑人物跟在後面，也許我們突然更改交通工具，成功擺脫監視。

我們在車廂中部坐下，陶公子則坐在車廂末端，垂頭哈腰的點撥手機，他不來招惹我們，看在梁賢份上，R亦不為難他。

我眺望車窗外面，鐵路兩旁有種滿小麥、瓜果的耕地，也有汽車如流水的公路，遠處還有河溪和樹林。列車開進霧霾裏，左右盡皆混濁朦朧，霧裏看瓜，霧裏看車，霧裏看溪看林，類近的單一色調，相同的悶氣沉沉，令人懨懨欲睡。R

把頭靠着我的肩，我把頭靠着車窗，一同閉目養神。

2

想起湯主任的七情上面。

她坐在M的辦公室裏，戴着一串明晃晃的珍珠頸鏈，把LV手袋放在茶几上，曲腿並攏，手托「雙下巴」，一副難為了家嫂的可憐相，苦着臉道：「M，你今次一定要幫我啊！你最明白我，萬不得已，我絕不求人。多幹幾年，我便退休了，想不到臨近退休，遇到這個棘手難題。如今，在北京城裏，我們的處境艱難，難分敵友，這才請你們北上幫忙。」

「放心，天大的難題，包在阿Wing身上。」M漫不經心地向我扮個鬼臉。

「湯主任，聽説事情跟機械人有關，對嗎？」我問。

「不就是你和R在廣華醫院摧毀的那兩台機械人嗎！」湯主任輕拍沙發的靠手

墊，長歎一聲，嚥一下口水，接着道：「它們來自我們旗下的國企，五星科技。五星的領導姓朱，是我們的嫡系幹部。我們一直以為五星生產自動化家庭電器，例如最出名的全自動吸塵機，外形又圓又扁，像個曲奇餅罐，沒電線，碰到傢俱自動轉向，吸力強，又安靜。誰料到，老朱他們暗地裏研製邪惡機械人，真不明白！」

「挺簡單的，你把老朱捉回來，嚴刑逼供，不就一清二楚了。」M仍舊一派事不關己。

「廣華醫院事件一曝光，老朱便下落不明。後來，我們查封、整頓五星的廠房，裏裏外外徹底搜查，發覺那裏的而且確生產家庭電器，就連機械人的指頭也沒找到一根。我想，老朱一定在別處研製機械人。」

「那姓朱的，不管是躲是逃、是生是死，湯主任，以貴部門的偵辦能力，在北京找一個人，易如反掌吧！」R開腔。

「R，你有所不知了，我知悉此事後，立即嚴肅處理，成立一個四人工作組，跟進追查。他們都是我手下的精英分子，最拚的、最能幹的。」湯主任攤開雙手，一臉無奈，「可是，兩天不到，四人一同橫死街頭。」

「一同被殺？」M開始在意了。

「而且，遭自己人──警察──射殺。真是好慘呀！不知哪裏出錯，他們被列作恐怖分子，還註明身懷武器，極度危險，可就地格殺。那天午飯時間，他們一起外出用膳。街上的巡邏車電腦收到四人的照片和資料，車上的警察看見他們，便在街角把他們截停，他們其中一人想從衣袋裏拿證件説明身分，但情緒繃緊的警察誤以為他拔槍反抗，隨即開火，警告也沒説一句。」湯主任一把眼淚，一把鼻涕，「這還不夠，當我重組工作組，誰接手，誰就收到四人被殺的片段，那片段來自巡邏車駕駛座的攝錄機，屬於內部機密資料，不知什麼人，竟如此神通廣大把片段複製？結果，弄到人人自危，沒人有膽接手。」

「內鬼所為，」R沉吟，「為要阻嚇追查。」

「你為什麼要找我們接手？」我直接問。

「這個嘛……因為……你們擁有……實戰經驗，親身與機械人交過手。老實說，這麼久，我們還沒見過一台懂得走動的機械人。」

「那次所謂實戰，我幾乎沒命呢！簡直是場噩夢。」我不敢回想《Q版特工36銀狐》的驚險情節。

「請勿擔心。這趟，我不用兩位跟機械人戰鬥，你們只需查出研製機械人的地點，我到時派軍隊出動，一舉剿滅。我們的軍隊，人多勢眾，武器精良，要多少有多少，戰士們都愛國愛黨愛人民，無畏無懼，不怕犧牲。」說時，湯主任手揮目送，鬥志昂揚，幾分鐘前的沮喪，一掃而空。她那副神情，令人感動，難以忘懷。M就是受到她的感動，毫不考慮便一口答應，還親自把我們送上飛機，於是我們乘罷飛機又乘機鐵……

3

再張開眼時，機鐵列車抵達東直門終站。

我們推着行李下車，轉乘二號線地鐵。

陶公子走在我們前面不遠的人流之中。

北京地鐵二號線，與地面的二環路上下重疊，沿着原來的北京城池而建，全線長23公里，在地鐵路線圖上，呈一長方形的循環線，屬地鐵系統的早期建設，行人通道較窄，缺乏扶手電梯、升降機等無障礙設施，樓層之間只有梯級連接，陶公子人胖行李重，拾級而上，很是吃力，但我們不會可憐他，因為我們的行李也不輕呢！早知地鐵站沒電梯，我寧願在路面堵車兼被監視，反正我們不趕時間，被監視也沒什麼損失。

我和R拖着行李上樓梯、挽着行李下樓梯，幾經辛苦，最終走到二號線月台，列車還沒到，待要坐下歇息，忽地月台較前位置的石柱後面有人高聲喊道：「陶公子！您是陶公子！」是把女子的聲音，「竟然在這裏遇見您，真想不到呢！」

陶公子再次「他鄉遇故知」？還是個女的，聽她的聲音，約三十上下。

好奇心戰勝倦怠，我們推着行李過去瞧瞧。

繞過石柱，但見陶公子坐在石凳上，一面喘氣一面拿紙巾抹汗，一個穿着粉紅色鬆身T恤、草綠色窄身牛仔褲的女子剛在他身旁坐下。那女子果然三十上下，皮膚白皙，一頭波浪鬈髮，黑髮之間均勻的挑染了酒紅色，衣飾打扮頗也入時。她看見陶公子，顯得很高興，笑得雙眼瞇成兩尾海豚，雀躍地說：「我是丁曦呀！九年前，我們在北京見過面。」

「九年前……我的確在北京混過一段日子……」

「臨別時，您給我名片，說有緣再會。半年後，我再來北京，按名片上的號碼打電話給您，但接聽的人說您已沒在那地方上班了。」

我與R忍俊不禁，我特意走到陶公子身後，低聲說：「她或會告知，你有個八歲大的女兒。」

「女兒……」陶公子瞪大眼睛，一臉無辜。

「不！」丁曦仰臉瞥我一眼，急急澄清，「那時候，我們沒……那個。陶公子是位正人君子，他只帶我周圍遊玩。他不是你所想的登徒浪子。」

列車來了。

「登徒浪子，」R輕碰我的背，「上車吧。」

列車停定，開門，我和R推着行李登車。陶公子尾隨我們，丁曦緊貼陶公子。車門關上，他們坐在我們對面。丁曦咬着下唇，滿腔委屈地說：「陶公子您貴人事忙，忘記我這個萍水相逢的，不足為奇。可是，我一直留在北京工作，四處尋訪您的下落，尋了九年，都沒消息，難得今天遇見您，心底裏那份莫名興奮，實在難以形容，一時失儀，把您嚇了一跳，請您見諒。」

「沒關係，但我一點印象也沒有。」

「嗨，姓陶的。」R瞪着陶公子，「我選擇相信她。你要好好回想一下，別辜負丁姑娘的一番苦心。」

「謝謝你。」丁曦笑道：「九年不見，陶公子風采依然，我一眼就認得他。」

「這趟難倒我了！我最怕回想過去。老實說，我從來不動腦筋。你們看，我的頭髮又黑又濃密，證明我的腦袋不常運作。」

「他從前有這麼肥嗎？」我試着問丁曦。

「沒，他的確發福了。」丁曦掩着嘴巴微笑，「肚子圓圓的，挺可愛呢！」

「唉！只怪我饞嘴，東莞的美食又多。」

「原來您南下東莞，怪不得我在北京找不到您。」

「我到東莞是最近的事，九年前，我離開北京後，一直留在歐洲。」

「出國，更難找了。」

「老實説，你找我作什麼？當年我欠你錢嗎？」

「您沒欠我錢，我找您，是為了……」

此時，列車抵達西直門站。

「陶公子，我們到站了。」我站起身，瞄一眼門頂的路線圖，「你慢慢與丁姑娘敍舊，再見。」

R向丁曦微微點頭。

「等我，我也一同下車。」

「我們不同路的。」我把陶公子推回座位，然後與R並肩離開車廂。車門關上，列車載着陶公子和丁曦開走，他們還有好一段路程。我與R則踏上我們的路程，前往下一層月台，轉乘四號線列車。

「丁曦愛上陶公子，可惜，一朵鮮花插在牛糞上。」R搖搖頭，「愛情果然令人盲目。」

「九年前，若丁曦所言屬實，他們僅相處一天而已，談不上愛情吧？」

「你沒聽過一見鍾情嗎？」

「聽過，但，莫說我多心，他們這樣在地鐵月台重逢，巧合得有點過分。那個丁曦，可能另有所圖。」

「陶公子，渾人一個，丁曦圖他什麼？換上是你，我才懷疑丁曦另有企圖。」

「說笑，我又不是到處留情的傢伙……」

「你敢到處留情，我砸穿你的腦袋，然後跑到老遠，你一輩子也尋不到我。」

「不敢，不敢。」我吐舌。女朋友，尤其這種醋意極濃的「佳釀」，有時候令人挺煩惱。這方面，我倒羨慕陶公子，不管真或假，一句沒印象，便推得一乾二淨。

4

四號線的車程較短，兩個站後，我們在國家圖書館站下車。幸虧這車站較為先進，設有扶手電梯，不用提着行李攀上路面。

北京的夏季天氣，素有「桑拿天」之稱，特別是沒風沒雨的霧霾天時，離開冷氣強勁的商場、車站，走出攝氏三、四十度的路面，酷熱得像焗桑拿一般。而且，由涼到熱，僅是一門之隔，溫差很大，身體若一時不能適應，隨時生病。

我們站在中關村南大街的斑馬線前，等候行人過路燈轉綠。站了不足一分鐘，前額和脖子開始冒汗，呼吸漸覺不暢順。身旁的地鐵站出入口，有人跑下去投入涼浸浸，也有人跑上來置身熱炙炙，就在出入口唯一有涼風送爽、路面熱氣未及的位置，站着一個拄拐杖的乞丐大叔，慢慢數着鐵罐裏的「收入」。街角的樹蔭下，泊了兩輛屬於不同快遞公司的三輪摩托車，派遞員趁着等候客人前來領取郵件的空檔，蹲在路肩上玩手機。交通燈旁的天氣顯示屏，亮出第二級別的橙色霧霾警示，屬「重度霾」，PM2.5 污染物的濃度每立方米超過一百五十微克，可是，奇怪得很，戴口罩的路人不多，個個都是習以為常的人肉吸塵機、人肉過濾器；然而，吸塵機和過濾器可以更換隔塵袋，人體的呼吸系統卻不能更換哩！我們初來乍到，沒準備口罩，情非得已，但他們長年累月在霧霾裏過活，真替他們的肺部健康擔心。

行人過路燈轉綠，路人有三十秒時間橫過中關村南大街，我們走在路人當中，冷不提防左邊的貨車司機猛按喇叭，催促路人走開，這才想起北京的道路使用規則沒禁止司機紅燈不能右轉，所謂行人優先，形同虛設。讓貨車駛過，我們被迫吸了一口貨車噴出的廢氣，走過馬路，穿入一個巷弄小區。巷口的食店掛着「蜀鄉竹林」的醒目招牌，以招牌作路標，不會迷路。只不過走了一小段路，我們的脖子已汗水滲流，衣衫濕得貼在背上，抬頭看看天色，相信，大家都渴望颳一陣風、下一場雨。

巷弄之中，目標樓房門外，一個身上斜揹紅布條的大媽坐在銀杏樹下的籐椅上納涼，吐了一地瓜子殼。我們一走近，她立即放下瓜子，機警地瞟着我們。北京的大媽最擅長評頭品足，只消一個眼神交流，我意會到她已猜中我們的來路。我們還沒走近，她嗓門大張地問：「你們從哪裏來的？找哪一戶？」牙縫之間，隱約黏着小片白色的瓜子肉。

「我們從香港來的。」我接着不疾不徐地講出切口：「天下英雄豪傑到此俯首稱臣。」

「唏！你說什麼屁話？」大媽從褲袋掏出手機，不屑地說：「現在什麼年頭啦，還來對應切口這套老八股？」

「與時並進噢。」R站上前，撥開垂落額前的頭髮，清楚露出眉毛、眼睛和正額，「來吧。」

「這位小姐就有識見了。香港人，咱們國內的電腦科技一日千里呢！」大媽提起手機，對準R的臉孔，「單憑一句切口，沒個準兒，臉容識別就靠譜多了。」

「可以了嗎？」R問。

「系統已確認，請。」大媽指一下身後的玻璃大門，大門自動趟開，門內牆上其中一個信箱也自動彈開。

「勞駕。」R跨步內進，從那寫着201的信箱裏拿出一條門匙。

「Thanks.」我向大媽致謝。

「Yao Ya Wei Qin」大媽回我一句京片子的You are welcome。

實在不敢小覷這些小區大媽。北京城其中一個特點是「小區無憂」，這些紅布條大媽遍佈各區，負責「監督」來往進出的路人，如有外來人在小區裏犯案，不消幾分鐘，城管、保安，甚至派出所、公安局的人，定必收到大媽的通知，罪犯還沒逃出小區，已經被捕。

「安全屋」在二樓，R用鑰匙打開大門，是個三房兩廳的單位，傢俱電器，一應俱全，地板上殘留洗地水的氣味，估計今早有人前來打掃。R馬上開啟室內空調，我急不及待的跑進廚房，拉開雪櫃，在食物和飲品堆裏，取出兩瓶可樂，遞一瓶給R，一同扭開瓶蓋，各自「骨碌骨碌」的吞下半瓶，「岳―岳―」兩聲，打個嗝，把暑氣消掉50%。

就在此時，巧合得有點過分，窗外雷聲大作，接着「嘩啦嘩啦」的下起大驟雨。

暑氣登時消得七七八八，再淋個冷水浴，那就精神爽利了。

待要踏入浴室――

「叮――咚――」外面有人按門鈴。

R稍稍遲疑，還是應門。我停在浴室門外，且看來者何人。

「找誰？」R拉開大門。

「R老師，您好。」一個剪平頭裝、二十出頭的年輕人挽着旅行袋，肅立門外，「我叫海濤，是湯主任派來的。」

「進來吧。」

「是。」海濤邁開步操一般的腳步，硬梆梆的操進屋裏，放下旅行袋，垂手立正，以報告的口吻説道：「阿Wing老師，您好，這袋是湯主任為兩位預備的用具。」

「毋須拘謹，辛苦你了。」我回到客廳，打開旅行袋，裏面放了手槍、備用彈匣、鈔票、手機等物。

「不辛苦。」海濤兩腳分立，雙手負背，「我先前在機場迎接兩位老師，遠遠看見兩位去乘搭機鐵，還以為兩位另有去處，便開車過來候命，樓下的監督員告知兩位已經抵達安全屋。」

「不要站着，坐吧。」R拾起手槍，檢查一下。

「是。」海濤遵從坐下，腰板依然硬直。

「在香港見面時，湯主任沒交代巡邏車的電腦系統出了什麼毛病，導致警察誤殺工作組的人，你們最終查到原因嗎？」R放下手槍，再檢查彈匣。

「查到了。」海濤仍改不了那種下屬向上司報告的口吻，「那個格殺指令，自一間小區派出所的電腦發出，當時那派出所只得一個姓趙的值班警察，他是個老派的人，只懂最基本的電腦操作，也沒權限發出格殺指令，因此，我們相信是黑客所為。」

「相信？仍找不到實質證據？」R一貫的追求完美，「可憑網絡追蹤，找出黑客的IP，繼續追查下去。」

「開槍後不久，那台發出格殺指令的電腦，因過熱而焚毀，硬碟和主機板完全焦黑，網路線索中斷。」

「敵人真狡滑，果然棘手。」R道。

「可有警察開槍的片段？」我問。

「有，在這裏。」海濤站起，雙手遞上手機，「今早，不知誰人傳給我。」

「是恐嚇？」我接過手機，有點錯愕。

「可以這樣說。今早接到湯主任發下來的任務後，才步出她的辦公室，手機便收到訊息。」

「你不害怕？」

「為人民服務，為黨犧牲，是光榮。」

「哦。」我無言以對，唯有開啟片段，與R一同觀看。

攝錄片段的鏡頭，安裝在巡邏車的擋風玻璃後面，對正街角，兩名警察拔槍在手，以前後包抄的陣式截停四名男子。警察持槍的姿勢，儘管是戒備狀態的槍口垂地，但「恐怖分子」的人數較多，且身懷武器，警察的神色極其凝重。那四人的官階看來遠高於一般的巡邏警察，當街遭到截查，都顯得十分不滿，沒一人遵從警察的指示——舉手跪下，有人反過來喝罵警察，有人叉腰怒目而視，完全低估眼前的危險，一味擺官威，左邊的男人更不知死活的探手進衣袋裏，據湯主任的說法，他想拿證件說明身分，可惜，如臨大敵的警察只想到他取武器反抗，結果——

「呯——」左邊的警察首先開火。

右邊的警察配合同僚的行動，接着開火。

四人倒下。官威只能在生前擺，死後什麼也沒有，諷刺的是，他們臨死的一刻，仍不相信警察竟會開槍。

我把手機還給海濤。

「兩位老師，下一步，我們該如何跟進？」

「帶我們到那小區派出所瞧瞧。」R先我一步回答。

「對，或許還有一點點蛛絲馬迹。」我撿起兩部湯主任提供的手機，把其中一部遞給R。

R把手機和手槍一併放進衣袋裏。

「請。」海濤戴上太陽眼鏡，躬身開門，「我的車子泊在馬路對面。」

5

驟雨下了十分鐘就停。

屋簷滴下亮晶晶的水點。

被雨水打濕的地面，凹陷處，仍蓄存小水窪，平坦處，已不見水漬。

經過驟雨沖刷，雲散霧消，朗朗紅日高懸天際，一跑到屋外，走了不過十步，我和R開始像貓一樣專挑陰影處行走，沒有霧霾的「防護」，陽光直撲頭臉，人彷佛像羊肉串，被無形的炭火乾燎乾炙，肌膚刺痛。原來霧霾並非一無可取。

我們跟隨海濤跑出巷弄，經過「蜀鄉竹林」招牌底下，又站在中關村南大街旁邊，等候行人過路燈轉綠。光天化日下，路人完全沒有遁形之處，R拖我閃進有蓋公車站內，勉強有瓦遮頭，但柏油路好刺眼，我們不禁瞇起眼睛，覺得自己像塊烘焙蛋糕，有蓋公車站像個烤箱，路面反射熾熱，被公車站上蓋和直立廣告板包裹，無處發散，人在裏面，沒多久，便給熱力熏得大汗淋漓、頭昏腦脹。

幸好，行人過路燈及時轉綠，我們立即逃出「烤箱」，躲進海濤的「奧迪A6L」裏。海濤把空調開盡，才把車切出中線。

「乞——超——」

驟然冷，霎時熱，R首先「中招」。

我在前座抽了幾張紙巾給她。

「沒事嗎？」海濤問。

「沒事，繼續開車。」R拿紙巾掩着鼻子。

「是。」

「奧迪」從國家圖書館門外駛過，經過神舟國際酒店、中國銀行、北京民族大學音樂廳，左轉魏公村路，直駛至西三環北路，遇上紅燈，停下。車窗右側是北京理工大學，左側是北京外國語大學，左右兩側的校園空地上，沒幾個人影。烈日當空，學生都躲在室內，戶外頗也冷清。交通燈轉綠，海濤再踏油門，車子在高架的西三環北路底下穿過，然後右轉，開入廠洼東二街，停在派出所門外。

「我們到了。」海濤熄掉引擎，除下太陽眼鏡，推門下車。

我和R讓海濤領路前行。

太陽暴曬關係，加上廠洼東二街兩旁的行道樹特別稀疏，路人幾近絕迹，就連「監督」小區的紅布條大媽也跑到別處，四周靜悄悄的。

派出所右側屋簷下，一台舊款的非隱蔽式 CCTV 鏡頭，緩緩旋動，遠遠的對準我們。

我們踏進派出所。

「你們三個，幹啥的？」在報案櫃檯當值的年輕警察問。

海濤拿出證件，擺在櫃檯上，沒瞧年輕警察一眼，以上司的口吻吩咐道：「替我把老趙喚出來。」

「是。」年輕警察瞧着證件，不住點頭。

可見，海濤的官階不低。擺官威，他也是箇中能手。不過，說句公道話，身處官場，不懂擺官威，就給別人踩在腳下。這是官家的生存之道。

「老趙——老趙，快起來啊！」年輕警察爬離座位，誠惶誠恐地跑進後面的辦公室裏去。

起來？不是出來嗎？或許我們來得太突然，年輕警察沒足夠心理準備，反應有少許語無倫次。

「老趙就是當日的值班警察？」R問。

「對，就是他。」海濤馬上立正回答。

「什麼人……找咱……」辦公室裏傳出一把午睡乍醒的沙啞聲音。

呵呵，果然是「起來」。

「是國務院的長官。」

「啊！來啦！請問是哪一位官爺？」一個中年警察從辦公室裏快步而出，邊走邊扣衣鈕，「呀！原來是海副組長，吹什麼風？大駕光臨，咱們有失遠迎。小張，別傻呼呼的站着發獃，快去倒茶……」

「客套免了。」海濤擺擺手，「這兩位是香港來的老師，有話要問你。」

「咱一定知無不言。」

那年輕警察小張乖乖返回報案櫃檯，當他坐下，再看電腦屏幕，臉色驟變，似乎電腦收到什麼重要訊息。老趙和海濤站在一旁，等候R提問。我則瞅着小張，他正偷眼看我。目光相接，他的眼神充滿恐懼，稍稍猶豫，隨即拉開抽屜，摸出一物，卻過於慌張，拿捏不穩，那物件「啪」的失手丟落櫃檯後面的地板上。老趙轉頭一看，驚呼道：「你搞什麼？拿槍……」

「他們是……」小張急忙俯身拾起手槍，手抖腳顫地舉起，指着我們，「他們是恐怖分子，身藏爆炸品，極度危險。」

「不是吧？」老趙回身檢視電腦屏幕。

「跪下！舉手！」小張慌張得隨時扣扳機。

「你胡說什麼屁話！」海濤大大生氣。

「海濤！閉嘴，都聽他的，不要刺激他。」我憶起那段警察射殺工作組的錄影。

「想想你那四位同事在街角的遭遇。」R在後面跪下。

「我們都跪下，小張，你別緊張。」我也跪下，雙手放在腦後，悄悄用指頭向R打訊號。

「啊呀！果然是真的。」老趙也拔出手槍。

「老趙，你認識我的，我不是什麼恐怖分子。」海濤無奈下跪，「電腦一定出錯，你先打電話給我們的湯主任，問個明白……」

「電腦出不出錯，有待查明。海副組長，不要逼咱們動武。請你合作，委屈一下，先讓咱們拘捕，別叫咱們為難。」

「好，我們讓你鎖。」我雙手握拳，慢慢從腦後伸到額前。

「那，咱得罪了。」老趙拿出手銬，「若有什麼誤會，冤枉好人，咱日後向三位磕頭賠罪。」

「來吧！」我的指頭陡地彈出，左右各一根夾在指間的梅花針射向老趙和小張，「卜」的插中兩人握槍的手腕。梅花針本來藏在衣領之內，我向R打完手勢後，暗暗把針取出。

「哎——」、「喲——」兩人的陽池穴同時中針，指掌吃痛、發麻，一時未能扣動扳機。

我的梅花針一出，身後的R像貓一般弓腰彈起，躍過報案櫃檯，我則撲向老趙。R左掌砍跌小張的手槍，右肘擊中他的下顎，把他打倒地上。老趙被我擒扭右腕，空手入白刃，奪去手槍。

「你兩個渾蛋！竟然用槍指嚇我！」海濤爬起身，怒氣沖沖地把櫃檯上的電腦屏幕扳過來，一看，怔住了。

「怎樣？」我喝問。

「保安系統把我們三人……列作恐怖分子……可就地格殺……」

「咱和小張只是按程序辦事，身不由己，請不要傷害咱們。」

「啊呀！」海濤盯着屏幕震驚不已。

「又怎樣？」

「保安系統發出最新通報，說，廠洼東二街派出所遇襲，指示附近的巡邏車趕來增援。」

奇怪！小張和老趙已被我們制伏，沒機會發出求救訊息，派出所外面的人沒可能知道這裏「遇襲」。我與R不約而同四下張望，很快，我們「鎖定」報案室內三組對準不同位置的CCTV鏡頭，不知何時開始無聲無息的一同「鎖定」我們。那種「被監視」的感覺，從我的背脊寒寒冒起，教人渾身不自在。

「呯——」、「呯——」、「呯——」R二話不說，抽出手槍，連發三彈，把監視者的「眼睛」一一轟爛。

一時CCTV碎片亂飛，硝煙凝聚不散。小張和老趙抱頭蜷縮於桌底，不住發抖。海濤目瞪口呆，不知應對。

街上，警笛聲從遠處隱約傳來。

「打電話給湯主任，快。」我靠過去用手肘碰一下海濤。

「哦，是……」海濤如夢初醒，倉皇掏出手機，打算按鍵，「咦？怪了，沒線路。」

「用固網電話。」R道。

海濤抓起櫃檯上的電話，按鍵等候。

警笛聲愈來愈響亮，增援的巡邏車即將趕到，車上讀過電腦訊息已先入為主的警察，下車後看見派出所的狀況，彈痕纍纍、當值警察倒地、「恐怖分子」持槍，他們不立即開火才怪呢！

「湯主任怎樣說？」我和R退到門邊，察看街上，一輛巡邏車出現在廠洼東二街的街口。

「她的電話……還沒接通……」海濤心焦如焚。

「算了。看來，我們中槍之前，沒法跟外界通訊求助。」R取出海濤提供的手機，拆去電池和電話卡，扔在地上，「敵人是個網絡達人。」

「海濤，你的車子內置GPS，對嗎？」我也棄掉手機。

「對。」

「不能再用你的車子。」

「用我的車子吧。」老趙從桌底伸長手臂，指着桌面的車匙，「那是台老爺車，全無先進裝置，咱只想大家都平安，沒別的意圖。」他巴不得我們儘早離開派出所，免得增援警察衝進來駁火，子彈亂飛，害他誤中流彈。

「就借用你的車子，我們亦不想引起傷亡。」R拾起那條車匙，拋給海濤，「你負責開車。上車前，記緊扔掉身上所有可被追蹤的網絡通訊器材。」

「我們去哪？」海濤牢牢的把車匙握在掌心，一臉惘然，以執法人員的思維，北京城雖大，一旦被定性為罪犯，卻是無處容身。

「沒時間了，邊走邊説。」我推他出門。

第一輛巡邏車疾馳而至之前，我們登上老趙的舊款「邁騰」，匆匆駛離派出所。從倒後鏡所見，警車陸續從不同方向湧至，相信數分鐘後，老趙便會向上司報告，我們搶走他的汽車，所以我着海濤在不過分超速、不引起交通警察注意之下，儘快駛往國家圖書館，更準確的說法，是趕到國家圖書館地鐵站。

為什麼？

就目前的情況，官方網絡系統已被敵人滲透和操控。所謂難分敵友，湯主任說得一點也不過分，要有效地反擊，我們唯有借助民間力量。

到國家圖書館地鐵站找誰？抑或乘地鐵往何處？

抵埗後自有分曉。

2

丐幫幫主

丐幫分南北，北丐迄今依然鼎盛。阿Wing在北京得遇丐幫幫主，二人憑掌力將眼前亂象一一化險為夷。

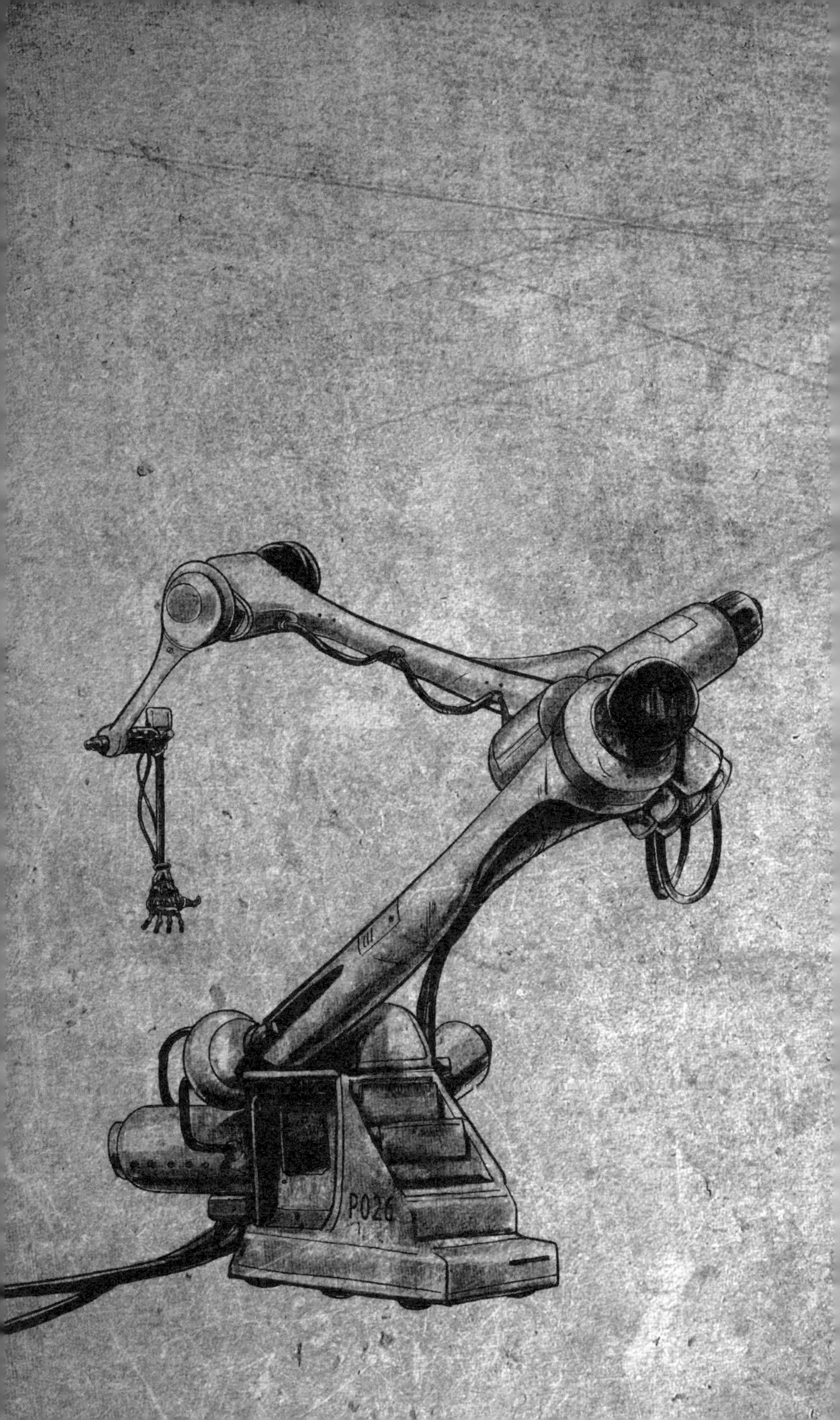
P026

1

在國家圖書館地鐵站出入口那個不冷不熱的位置，拄拐杖的乞丐大叔仍舊站在那兒，同樣在慢慢地數算鐵罐內的「收入」，跟先前不同的是，他身旁多了一個年約十歲、衣衫襤褸的小丫頭。

那小丫頭眼大臉圓，脹卜卜的圓臉上有幾道用骯髒指頭搔癢後遺下的污漬，眉宇的稚氣之間略帶幾分滄桑。

適逢人流疏落，我馬上跑到乞丐大叔跟前，抱拳一揖，以江湖口吻不亢不卑地說：「在下有要事找貴幫的幫主面議，煩請尊駕引見。」

「三三呀，你看這人……」乞丐大叔沒理會我，只管垂頭跟小丫頭說話：「他若非是個瘋子，就是個讀武俠小說太多的書獃子。」

「你搞什麼呀？」R在後面尷尬地扯我的衣腳。

「阿Wing老師，請別花時間在叫化子身上，我們辦正事吧。」海濤也是一頭霧水。

「你們別吵，他們就是我所說的民間力量。」我回頭解釋。

「請恕我直話直說，叫化子沒力量可言。」海濤不以為然。

「小子，你真是有眼不識泰山。」我反駁海濤，趁機吹捧乞丐，「丐幫分南北，以長江為界，南丐早於清末已不成氣候，北丐迄今依然鼎盛，人數加起來，比解放軍還多，而且組織嚴密，人人懂武功。所謂大隱隱於市，你看這位前輩，他不是隨便站立，他這個是內家功夫的站樁姿態，正在修練上乘內功。」

「先生，請你行行好，勿拿老叫化開玩笑。你若憐恤咱，就請施捨個發財錢。不然的話，請你讓開，別阻礙路人施捨發財錢給咱。」

「對。」我攤開手掌，「海濤，把錢包拿來。」

海濤老大不願意的摸出錢包，卻遲遲不願意把它交給我。我於是一把攫過來，打開，抽出一疊鈔票，數也不數，就塞進乞丐大叔的鐵罐裏。

「我半個月工資……」海濤要把錢奪回。

R擋開海濤，道：「我替你向湯主任報銷，開公數，不讓你損失。」

「三三呀，你看這人……」乞丐大叔又垂頭跟小丫頭說話：「咱肯定他是個瘋子。」

我反手把錢包擲還海濤，瞧着老少二丐，笑道：「就在下所知，貴幫現任幫主複姓上官，沒算錯的話，他是北丐第一百三十一任幫主。數百年來，丐幫幾經內憂外患，如今，那根象徵幫主信物的竹棒不知何時失落，棒法亦已失傳，幫主歷代相傳的十八掌，只剩九掌，易名伏虎九式。儘管如此，這九式掌法剛猛雄勁，足以獨步江湖，打遍天下無敵手，加上上官幫主才二十出頭，英雄出少年，假以時日，必有一番作為……」

「他，英雄個屁！」三三終究按捺不住，出言反駁，「人如其名，廢青一名，難有作為。」

「腳踏黃河兩岸手拿機密文件。」乞丐大叔自知沒法隱瞞身分，也知我並非等閒之輩，唯有講出切口。

我順理成章回應：「前面機槍掃射後面炮火連天。」

「他們……真的是丐幫中人……」R和海濤面面相覷。

「三三，你帶這兩位去見幫主吧。」

「兩位？」

「他不能去。」三三伸出指甲圍綴黑邊的食指，正正的指着海濤的鼻尖，「幫規明訂，不與官家往來。」

「這位海爺是達官貴人，敝幫老幼都不敢高攀。」乞丐大叔冷淡地說。

「我……」

「海濤，你先回安全屋，等候消息。」R道。

「兩位老師，我有理由相信，安全屋現在不安全。」

「已過了一段時間，湯主任該收到警方匯報，知道電腦出錯，她自會使人糾正。」R安慰他。

「湯主任若查問兩位的下落，我總不能跟她說你們去找……丐幫……幫主……」

「你告訴她，我們利用非官方渠道追查老朱的下落，一有線索，立即向她報告。」我拍拍他的肩，「就此決定，回去吧。」

「是。」海濤無奈接受。

「三三，我們可以動身了。」R摸摸小丫頭的頭，「上官幫主在哪？」

三三揚起下巴，瞟着欄杆裏面的龐大建築羣，悻悻然說道：「他就在圖書館裏。」

「那，我們進去會一會上官幫主。」我托一下眼鏡。

「走這邊，抄捷徑，這邊有道側門。」說罷，三三跑出地鐵站，卻不走向圖書館正門。

我與R自歎人生路不熟，只得聽從這個年紀小小的「老北京」的指引。

「三三，上官幫主這麼用功，在圖書館裏讀書，可不是廢青呢！」我加快腳步走在她旁邊。

「拜託，你們不要再稱他作上官幫主，挺刺耳呢！他叫上官廢青，我們習慣直呼其名，喚他廢青，乾脆把幫主省掉。」

「有點不敬吧？」

「敬他個屁，他有啥本事當幫主？我老實告訴你們，上一任幫主臨終時病得七葷八素，糊裏糊塗的亂指一通，指派廢青作繼任人。本來沒人認真看待，大家待幫主入土後，一人一票選出新幫主。誰知魯長老獨排眾議，堅稱幫主遺命不可不從，全力推舉廢青上位。廢青那廝好食懶飛，躲在圖書館裏涼冷氣、睡午覺、玩電腦，從不看書。」

「阿 Wing，看來，我們應該去見那位魯長老，請他幫忙。」R在後面說。

「你們已見過他了。」

「剛才的乞丐大叔，莫非……」

「他就是魯長老。魯長老為人最食古不化，常說幫主之令不可違，你們去見廢青，只要他答應幫忙，魯長老必定竭力辦妥。」

「三三，你年紀小小，知道的事情真多。」我讚道。

「首先，不要把我的名字跟小字混在一起，我不想作小三。第二，魯長老是我的表叔公，廢青是我的哥哥，我們住在一起，天天聽他們說話，有啥不知？」

說着，我們穿過側門，步進國家圖書館的範圍。

這座圖書館，主樓新館在 2008 年啟用，外形像一冊翻開的巨書，作為圖書館所在的建築，形神俱備。國家圖書館的前身是京師圖書館，在什剎海北岸的鴉兒胡同，始建於 1909 年，加起來擁有過百年歷史。

「姐姐，進入國圖要經過安檢，你身上有手槍，不方便。」三三在主樓正門的石階下拉住R。

「進入圖書館也要安檢？」R隔着衣服摸摸插在腰間的手槍，瞄一眼出入口的警衛，拉長臉孔問：「裏面有寶嗎？」

我插口道：「當然有，館內收藏的古籍善本、名家手稿、金石甲骨，都非常珍貴，光是那套鎮館之寶——《文津閣四庫全書》，就價值連城。」

「你還是別進去。那條路通往讀者餐廳，你不舒服，到那裏喝杯茶，歇歇腳。」三三指着左側的小徑，「跟服務員說，是三三的朋友，有七折優惠。」

「你不舒服嗎？」我抬手探一下R的額頭，觸手熱燙，「咦，發燒啊！」

「粗心大意，你怎做人家的男朋友？」三三伸出她的骯髒尾指，在我眼前作出一個嘲諷的打圈手勢，又道：「北京的太陽熱毒，外地人不容易適應。」

「不礙事的，我到餐廳裏坐一會，等你。」R轉身走向小徑。我現在才認真注意她，她確有倦態，不常見。

待R走遠，三三小聲說：「她怪你唷。」

她怪我嗎？

不會的，我們都是專業特工，剛才情況危急，我不分心在她身上，乃是理所當然。

「人細鬼大，你懂什麼？快帶我去見你的哥哥。」

「走吧。」三三踏上石階，「天下沒免費午餐，何況，廢青是個自私鬼，你要他幫忙，總要跟他作個等價交換。」

「交換……」我想了想，實在不忍心北丐積弱衰落，便一拍心口，豪氣地說：「盡我所能，助他把伏虎九式增為十二式。」如此重禮，丐幫上下一定萬分高興。

豈料，三三非但不雀躍，反而沮喪地說：「你的好意，心領了，廢青最怕練功，你要他多練三式掌法，他寧願沒見過你。這樣吧，我替你定個主意，一本最新版的乃木坂46寫真集，扉頁有主將白石麻衣的口紅唇印。應該難不倒你吧？」

「乃木坂……」我不禁怔了怔，感到額角滴汗。

前面，三三蹦蹦跳跳地跑上石階。

「喂！小叫化，給我老實站着！」一個保安員喝止三三，「你又臭又髒，不准進去。」

「嘿嘿……」三三叉腰站定，冷笑一聲，「怎麼樣？歧視勞動人民？排擠無產階級？這是國家圖書館，大門永為人民而開呢！」

「臭叫化，牙尖嘴利……」

「等一等。」另一個主管級的保安員走出來，拉開下屬，「沒事，沒事，三三請進。他是新來的，不認得你，請不要介意。」

「哼！」三三神氣地用邋遢拇指擦一下污糟鼻頭，輕鬆地通過金屬探測門，一溜煙似地跑進圖書館裏去。

國家圖書館的保安檢查程序倒也像模像樣，人要接受金屬探測，女士的包包要經X光掃描，保安員又是退役的解放軍，個個高大黑實，鼠竊狗偷豈敢越雷池半步！

我順利進到館裏，在最低層、最少讀者、最安靜的參考圖書館內找到三三，她正大力搖醒一個伏在桌上睡覺的青年。那青年睡得頭髮凌亂，他身穿白色T恤、黑色「板仔褲」、七彩的帆布鞋，看起來，十足一個香港的MK仔，根本沒人聯想到他是北京的乞幫之首。三三在他耳邊說了幾句，他沒精打采地點點頭。三三便向我招手，我走過去。三三以細如蚊鳴的聲線問道：「廢青問你有什麼要求？」

不在圖書館裏高聲談話，三三的公民意識值得嘉許。

我掏出老朱的照片，放在桌面，也以微若呼氣的聲線回答：「我想查找這人的下落，他姓朱，這是他的近照。」

一直伏在桌上的上官廢青稍為仰臉，木無表情的，伸右手把照片草草撥進懷裏，繼續伏睡，沒瞧我或照片一眼，只發出一團蒼蠅圍糞似的囈語。

三三知我聽不懂，補充道：「他說，沒問題，交給丐幫弟子追查，日落後，你到後海的酒吧街去找他，他叮囑你，別忘記乃木坂46的寫真集。」

「他有說這麼多話嗎？」

「人概意思是這樣。放心，他以丐幫的名頭答應，一定不會賴帳。去吧，別騷擾其他讀者看書。」三三推我離去，「還沒日落，趁有時間，你快陪姐姐去看醫生，我有好介紹。」

「就連醫生也有推介，你倒相識滿京城啊！」

「沒那麼誇張，小半個北京吧。」

2

五分鐘後，我們在國家圖書館的讀者餐廳找到R，她的臉色較前蒼白，額頭更燙，還覺頭痛。三三不知用什麼方法召來一輛的士，着司機送我們去找谷醫師，沒說地址，沒給車資。司機也沒問地址，沒議價錢。我們登車坐好，他便開車。

坐在後座車廂，R病懨懨的倚靠着我，別說我黑心，我較喜歡她生病，她一生病就分外柔弱，沒衝勁，不作主，完全信賴我，像冬天火爐旁的小貓，當初正因她生病，我照顧她，才漸生情愫，所以我特別懷念她生病的日子。當然，我不希望她害什麼大病，小病是福，今天中暑而已，柔弱一、兩天，痊癒後，又回復女漢子的硬朗。

因此，我更加珍惜這一、兩天的「福氣」。

的士司機屬於典型的北京計程車師傅，是個健談的「老北京」，開上公路不久，開始跟我們「砍大山」，海闊天空的閒聊，不過話題縱是天南地北，說得最多的還是乞丐，大概他以為我們跟三三相熟，投其所好。他說，在北京當乞丐，收入很高。若非三代居於北京，親友眾多，放不下身段當街乞錢，他一定加入丐幫，就算不是全職，至少亦在假日兼職，乞一個下午。他又說，北京人挺富同情心，丐幫無論在哪裏「值班」，總有不錯的收入，而一號地鐵是業界最有名的黃金地段，乘客流量高，相對施捨也多。丐幫最擅長組織和動員，定點定駐，平均分佈，輪流休息，每隔一段時間，出動不同的班底組合，例如老太太帶着瞎眼的老先生、異地尋親的大娘抱着小孩、展示噁心假傷口的跛子、拉胡琴的文弱青年，總之，因應不同時段的乘客，安排不同的組合，博取同情，賺取最高利潤。

他口若懸河，愈「砍」愈起勁，說話又風趣，R聽他東拉西扯，分散精神，反而紓緩頭痛，我們乾脆坐着聽，沒答話。

最後，的士停泊在一處古舊的胡同外面，不像前門大柵欄、南鑼鼓巷那些遊客區的翻新胡同，這裏滿眼蒼涼，樓房低矮密集，外牆破舊灰黑，巷弄狹窄骯髒，九曲十三彎，更重要的是，肯定沒CCTV。估計我們最後一次有機會「上鏡」，是在國家圖書館裏。登上的士，遠離市中心，來到這處小區陋巷，敵人沒「天眼」可用，任他在網絡游走如何出神入化，欠缺媒介，亦無從追蹤監視我們。

的士司機下車，領我們在胡同裏左拐右鑽，不一會，來到一道竹門前面。印象中，自進入胡同後，所經過的房子不是木門，就是金屬門，用竹做的大門倒是唯一的一家。的士司機「咯咯」的在門上叩了兩下。

「進來吧。」門後有人應道，是把老人的聲音。

的士司機推門，竹門應手而開。

房子沒窗戶，沒亮燈，昏昏暗暗的，唯一的燈光來自東側的一張辦公桌，一個白髮老人坐在桌前，對着一台筆記本電腦。他見我們進來，便站起身，開亮電燈。室內的空間比想像中寬廣，按方位估算，屋主把左右相連的鄰房打通，屋內空蕩蕩的，沒甚傢俱，沒住宅的感覺，靠近大門的牆邊堆放着幾十張圓形的塑膠疊凳，似乎是個集會場所。

老人的身量高大，白髮白鬚，鼻樑上架着鵝卵形的老花眼鏡，臉上佈滿深深的皺紋。

的士司機跟他耳語幾句後，告辭離去。

「帶她過來這邊坐下。」老人拿下一張疊凳，「老夫姓谷，略曉醫理，兩位是丐幫的朋友，老夫自當盡力。」

「勞煩你了，谷醫師。」我扶R過去坐下，順便偷眼看看他的電腦屏幕，畫面凝住了，認得是去年人工智能 AlphaGo 與南韓九段棋士李世石的對弈錄影。那場棋賽我有點印象，當時頗也哄動，尤其 AlphaGo 戰勝人類。

「謝謝你。」R道。

「不客氣。」谷醫師捋起衣袖，為R把脈，沉吟道：「暑之為氣，時應乎夏，在天為熱，在地為火，在人為心，暑之傷，先着於心。」

「沒大礙吧？」我問。

「沒事的。我先助她減輕頭暈頭痛，生津止渴，緩解緊張。」他拉開抽屜，取出一盒一次性的無菌不鏽鋼毫針，拈出兩根，在R的風池穴、大椎穴各刺一針，然後說聲「靜待一會」，便走進內室。

我抱着R的肩，悄聲道：「谷醫師施針的手法純熟，認位準確無誤，是個高手，毋須擔心。」

R閉上眼睛，淺笑道：「我又不是害什麼大病，當然不用擔心。」

谷醫師走出內室，拿着一杯開水和一包藥散，放在桌上，替R卸了針，道：「這是六一散，讓她服了，扶她進那邊的客房，睡一覺，藥到病除。」說罷，回到電腦前，按鍵，恢復播放。

我餵R服下六一散，便扶她進谷醫師所指的客房。

客房陳設簡約，一牀一几，一燈一畫，畫是耶穌走苦路，几上擺了盆栽和一個高約六吋的石製十字架裝飾，上面刻着「祢的話是我腳前的燈、是我路上的光」。

我攙R上牀躺臥，替她蓋好毛巾被，坐在牀沿，溫柔地握住她的手。R累得眼皮也睜不開，沒多久，沉沉入睡。我聽她的呼吸均勻、平和，知道她的身體正調整康復，才安心輕輕退出客房。

外面，谷老師仍在觀看對弈。

「睡了？」他看着屏幕問。

「是。」我坐下，瞧瞧屏幕，「棋局精彩吧？」

「敗局既成，南韓棋手大勢已去。唉！人類又一次被機器擊敗。棋藝，看來要向電腦科技俯首稱臣。」

「倒也未必，2012 年 Zen 擊敗武宮正樹，2013 年 Crazy Stone 擊敗石田芳夫，以及這仗 AlphaGo 得勝，都是下快棋，大約三十秒下一子，若是傳統官方慢棋，有足夠時間給人類棋士思考，戰況定會改觀。」

「我可沒你樂觀。圍棋盤上，橫線直線，縱橫交錯，有三百六十一個落子點，雙方交替落子，意味着每步棋的可能性是一後有一百七十一個零，不管如何聰明，人腦運算總有其極限，相反，電腦運算只會愈來愈快，人工智能的學習能力只會愈來愈強，此消彼長，大勢所趨，人類過度發展和依賴科技，最終自討苦吃。」

「將來的事，誰說得準。」我環視一周，「這裏是你的診所？」

「我早就退休。這裏是基督徒聚會的地方，非官方認可的，在國內的說法，叫地下教會。」

「你是教會牧師？」

「不，我是雜役。」

「我的姐夫在香港是牧師，他全家都信耶穌。」

「你呢？你信不信？」

「我嗎？」我摸摸後腦勺，「半信半疑吧。」

「人子來為要拯救失喪的人。一個人若有一百隻羊，一隻走迷了路，你們的意思如何……」

「他豈不撇下這九十九隻，往山裏去找那隻迷路的羊麼？」

「道理你是懂的，只欠經歷，而且你把自己藏起來，不肯讓主尋到。」

「主何時尋到我，難說。」我看看腕錶，「現時，日落了，我要往後海去尋找上官幫主。」

「你放心去吧，她交給我照顧。」

「感激不盡。」我拱手。

「舉手之勞。丐幫的朋友，即是谷某的朋友，何足掛齒。」

3

後海自古是北京著名的消暑、遊樂勝地，那兒其實是湖，並非海，慣在草原生活的蒙古人，少見多怪，稱湖作海，後人習非成是，繼續稱之作海。十三世紀，元朝君主任命漢人劉秉忠等規劃大都，把後海納為重點項目，其時，以後海、前海、西海組成什剎海，闢作漕運終點站，沿岸盡是酒家歌檯、店舖商攤，市容極其繁盛。後海的風貌則為垂柳拂岸、歌舞昇平。今天依然繁華，酒吧林立，燈紅酒綠，愈夜愈喧囂。

我辭別谷醫師，先到南鑼鼓巷吃了一碗醬麪、一份「爆肚」。相距上午那頓「飛機餐」，大半天沒東西下肚，早就餓扁了，難得麪條「彈牙」有咬勁，炸醬鹹酸配搭得宜，「爆肚」脆嫩鮮香、不油不膩。這一麪一肚，足令我愛上北京。

吃飽了，再光顧路上叫賣的小妹，買一串冰糖葫蘆，鑽進一輛三輪車的後座，拉低帳篷，一面品嚐甜的麥芽糖裹着酸的山楂，一面讓車伕送我到後海去。

一路上，三輪車伕「叮叮叮」的大力搖響車鈴，催促行人讓路。

後海的酒吧街在銀錠橋畔，營業的酒吧超過三十家，各具特色。車伕問我在哪家下車？

一直向前吧，我答。

我拚起帳篷，左顧右盼，酒吧閃爍着五光十色的霓虹燈飾，與幽靜黑漆的湖面格格不入。

一路上，蹓躂的人、聊天的人、飲酒的人，或聚在店內、或坐在湖邊、或沿湖漫步，有洋人、有華人，男女老嫩，非常熱鬧。

人這麼多，上官廢青在哪？茫無頭緒。下午在國家圖書館裏，沒問清楚店名，真失策！

經過「東岸」，店內傳出憂鬱的藍調音樂，不是這家。

經過「慾望都市」，外面掛着鋼管舞表演的海報，也不是這家。

經過「甲丁坊」，店外豎起花式調酒、變臉、魔術表演的廣告，亦不是這家。

經過「Zoom」，佈置以英式足球為主題，這家不似。

經過「白楓」，裏面播的是輕音樂，這家也不似。

再過去，裏面播放《赤腳Summer》，是這家了！那是「乃木坂46」的首本名曲。

「停車！」

「軋——」

付錢下車，把吃剩的竹籤丟進路邊的果皮箱裏，再拿紙巾揩抹甜膩膩的嘴角、黏黐黐的指頭，也把紙巾丟進果皮箱裏，然後走進酒吧，招牌也省得看。

長吧檯後方，垂下一面巨型的投射銀幕，正播放《赤腳Summer》的MV，「乃木坂46」美女成員，穿着泳衣，載歌載舞。上官廢青靠着吧檯，背向大門，對着銀幕搖頭晃腦地欣賞MV，附近不見三三和魯長老。我慢慢走過去，聽見上官廢青忘我地伴唱，荒腔走板，自得其樂。他如此投入，該打擾他的「雅興」嗎？

猶豫之際，一人早我一步趨前拍檯打擾。

「嗨！酒保，整晚播乃木坂46，不嫌悶麼？改播少女時代吧！」

定睛一看，出奇了，那人竟是陶公子！

「兄台，你講不講道理？」上官廢青歪着臉，斜斜的瞅着陶公子，「你別叫酒保大哥為難啊！」

「我叫他播少女時代，有何難處？」

「韓國那隊少女時代？」

「當然是。」

「限韓令，你沒聽過嗎？你叫酒保大哥播放韓國樂隊的MV，不是為難他是什麼？人家隨時關門大吉啊！」

「如此嚴重？」陶公子稍稍退縮，卻仍堅持，「那，改播AKB48，最好是《裙襬飄飄》。」

「AKB48的《裙襬飄飄》？」上官廢青一臉鄙夷，「你又為難人家了，那是超過十年的老歌，酒保大哥就算找到MV，也不敢播啦。」

「有何不敢？怕什麼？」

「只怕老歌趕客。」上官廢青掏出一團縐巴巴的紙幣，放在檯上，撥開拉直，推到陶公子面前。

「什麼意思呀你？」

「給你車資，到外面截部車，送你去中央音樂學院，今晚那裏表演日本的演歌。老掉大牙的傳統──名──曲，適合你聽。」

「可惡！酒保，叫你的老闆出來，我買下這家酒吧，多少錢都買，以後我作主，一年三百六十五日播放AKB48的MV。」

「呸！你買得起，我買不起嗎？」上官廢青也拍檯，「老闆，出來，我跟你買……」

事情鬧大了，我急忙做「和事老」，插進兩人中間，還沒出言相勸——

「阿Wing，你來得正好。」陶公子大喜過望，「幫我教訓這人。」

「啊！原來你跟他是一夥的。」上官廢青怒瞪着我，「我們的協議告吹。」接着拂袖而去。

「上官幫主，等一等，你別誤會，我跟他不相熟，不是一夥……」我追在他後面解釋。

上官廢青一氣之下，衝出酒吧，跑過馬路，跟丁曦擦身而過，奔上銀錠橋。

丁曦？

4

的確是丁曦，她站在路中央，一動不動，神態木然。

「哎呀！我以為已經擺脱你，你怎又跟到這裏來？」陶公子也追到我身旁。

「你以為可以擺脱我嗎？」

「這女子是騙人的。」陶公子在我耳邊道：「她是個白撞。我後來記起九年前在北京曾與一個叫丁曦的女生有一面之緣，但肯定不是她。」

「你倆誰騙誰，與我無關。」我甩開陶公子，追趕上官廢青解釋要緊。

「與你有關啊！她纏着我，老是追問你。」

「我？」

「阿Wing，王妃被你擺脱了，不打緊，我聰明，放走陶公子，跟蹤他，找到你。」

「誰是王妃？你又是什麼人？」

「叮……」一輛三輪車駛到，車伕大力搖響車鈴，催促行人讓路。他滿以為丁曦會像其他人一般跑開，誰知丁曦全沒反應，不閃不避，正正的擋在路中心。車伕煞掣不及，三輪車輾撞丁曦的右足，車伕更料不到，輪胎「𠴕」的爆爛，車輪和車頭支架屈曲，像撞着一座「石屎躉」。

車伕和後座乘客雙雙墜地。

丁曦紋風不動，毫無損傷。

「啊！你……是什麼東西？」陶公子看得傻了眼。

「阿Wing，你跑不掉的。」丁曦邁開腳步，朝我逼近。

「原來你是……」我想起在廣華醫院那場生死惡鬥，不禁心底發毛。然而，大敵當前，沒時間給我驚慌，急視左右，立即拿定策略，攤開手掌，「陶公子，把錢包給我。」

「拿去。能用錢打發她，最好不過。」

我快快打開陶公子遞過來的錢包，抽出所有鈔票，高叫一聲：「撿錢啦！」便往上撒出，花綠綠的鈔票散落丁曦頭頂，周圍的人反應奇快，即時從四面八方撲過去搶錢，登時亂作一團，擋住丁曦的去路。

「想要命就快逃。」我一把拉住陶公子的衣領，乘亂擠進人羣，衝上銀錠橋去。

身後，響起一片尖叫聲、喊救命聲，回頭一看，那些搶錢的人像毛公仔一般，被丁曦一手一個的拋開、扔走，有些跌落水裏，有些摔在路旁。

丁曦一面抓人擲人，清除「路障」，一面追上銀錠橋，非要抓到我不可。

就在此時，身旁一陣罡風掠過，一人在風中大喊「飛虎在天」，一掌擊向丁曦。看清楚，此人正是上官廢青，身形掌法正是前十八掌的「飛龍在天」。

以卵擊石。

「使个得！」我縱身一躍，同時也打出一式「飛龍在天」，後發先至，攔途截擊，掌風帶過，卸去上官廢青的掌力，把他牽引到銀錠橋下，遠離丁曦。

「咦？你的掌法……」上官廢青錯愕不已，「你這傢伙，什麼來路的？老是跟我作對。」

「我是救你性命的，你看——」

「啊！」上官廢青循我所指，一看，大為震驚。橋上，一名公安武警聞訊趕至，喝止無效，便揮動警棍，望丁曦的額頭擊下，但他做夢也沒想到，丁曦的天靈蓋硬如鐵砧，警棍打在上面，脆弱如發泡膠，「卜」的斷開，裂成兩截。那武警給嚇呆了，站着不知所措，被丁曦抓住他的褲頭，單手舉起，旋了兩圈，投進湖裏。

「你看清楚沒有？你一掌打下去，你的手臂就像那根警棍。」

「見鬼了！她練鐵布衫嗎？如此厲害！」上官廢青咋舌，「但，也要想個辦法制止這個瘋婦繼續傷人。」

上官廢青倒有點俠義心腸，並非如三三形容的頹廢萎靡。

轉眼間，丁曦又舉起另一個警察。

「我有辦法，去那邊。」我指着橋下一架炮製糖炒栗子的手推車。檔主不知去向，可能逃掉，也可能被丁曦扔掉。

「這時候，我沒胃口吃栗子。」上官廢青不解，仍隨我跑過去。

「不是叫你吃。」我教他握着手推車的把手，「全力推！把她撞翻！」

「有用嗎？」

「總之照我的話做，去！」

「好！」上官廢青垂頭把一口唾液吐在掌心，兩掌互擦，再緊握把手，大喝一聲，就推動手推車，向丁曦全速撞去。

同時，我手執炒栗子用的鐵鏟，挑起熱鑊裏的栗子，撥向丁曦。夏天賣的栗子是去年秋天的舊貨，味道略遜，用來作「暗器」不可惜。記得，特工組織把廣華醫院的機械人殘骸運返北京前，專家小組曾作初步檢查，發現機械人經常使用的一種「視覺模式」是熱能影像，突然飛來大堆外殼滾燙的栗子，或能擾亂丁曦的「視力」。

果然，丁曦忙着擋格「攻擊」頭臉的栗子，忽略下盤，被上官廢青的手推車乘虛而入，猛撞一記，驟失重心。我趁機把鐵鏟插進丁曦兩腿之間，奮力向上一撬，成功把她撬得雙腳離地，擱在欄杆之上，但她用左手抓緊欄杆的漢白玉石柱，一時，沒掉進湖裏。

「戰虎在野！打爛欄杆！」

上官廢青剛才正面撞擊硬如鐵塔一般的丁曦，抵不住反震之力，跌坐地上，經我提醒，急急跳起，跨步上馬，打出一式前十八掌的「戰龍在野」，「轟」的拍碎欄杆，丁曦連同鐵鏟、碎石、栗子一併直墜橋底。

水花四濺。

「但願，它的防水效能不夠完善，或者根本不諳水性，又或者身體太重，浮不上來。」

「我們成功了！」上官廢青想跟我來個give me five，「她究竟是……」

我想起他那口唾液，免了，假裝看不見，道：「稍後向你解釋。」適值海濤從圍觀的人堆中穿出，我忙向他招手，他跑過來，我問他：「湯主任已刪除格殺令？」

「已經刪除。」海濤略略調整一下呼吸，隨即挺胸立正，嚴肅地報告：「我收到消息，知你在此戰鬥，馬上前來支援。」他的一板一眼，比丁曦更像機械人。

「湖底有一台，你請湯主任派人打撈。記緊，對手洞悉網絡，不能使用電子通訊，要用最原始的口耳、紙筆。」

「知道。請問下一步有什麼計劃？」

「我與上官幫主繼續追查老朱的下落。」説罷，轉身拍拍上官廢青，示意一同離去。

「等一下，阿Wing，北京太危險了，你們功夫了得，我跟着你們，安全一些。」陶公子從樹底爬出。

「你這傢伙，休想……」上官廢青第一個反對。

「我立即轉組，加入乃木坂46歌迷會，嘻嘻，大家自己人，你不會拒人千里之外吧？」

「過來，我給你介紹。」我把陶公子帶到海濤跟前，「這位是海副組長，你留在北京，他會派人保護你，你要離開，他會安排。不管你有何打算，總之遠離我。」

「還有選擇嗎？」

「你跟海副組長商量。上官幫主，我們動身吧……稍等一下……」我頓了一頓，退開一步，低聲跟海濤說：「圍觀者的手機……」

「阿 Wing 老師請不用擔心，這些善後工作，我們經常處理，曉得妥善處理。例如，後海的手機網絡早被截斷，任何文字、圖像都不能傳到外面。」

看時，大批公安武警陸續增援。他們駕輕就熟地在銀錠橋一帶築起封鎖線，逐一檢查路人的手機，把照片和錄像徹底刪除，才予以放行。

為免被帶返公安局協助調查，路人亦乖乖合作，無謂招惹官非。

這個世代，所謂「有圖有真相，沒圖你吹我唔脹」，剛才我拿鐵鏟把丁曦打下銀錠橋的圖片若然曝光，肯定在網上瘋傳，我才不愛當網絡紅人呢！

特工總要保持神秘、低調。

反正事件在下次新聞報道前，會被定性和淡化為「後海酒吧街流氓醉酒鬧事，公安火速到場平息，帶走滋事分子，把傷者送院。」

於是，明天又是新的一天。酒吧街照常營業，燈紅酒綠，歌舞昇平。

醉酒生事，時有發生，見怪不怪，多一宗不多，少一宗不少。

假若有人問起今晚這宗，曾被警察查問的人，都說沒啥特別呀！

3

山寨工廠

還沒平整的地盤中，破敗的山寨工廠被高牆團團圍住，在敵人環伺之下，阿 Wing 如何憑熟讀《三字經》與「見龍在田」逃離險境？

1

小山崗下的建築地盤範圍好大，將來若有機會竣工，樓房的規模等同香港的太古城、美孚新邨等大型住宅項目。當然，這個比喻純屬假設，地盤何時復工，遙遙無期，遑論住宅大廈落成、業主入伙。

偌大的地盤還沒完成平整，大片凹凸不平的爛泥地，零星落索的遺下一台台報廢的工程機具，如鑽土機的支架、打樁機的支架、破舊的挖泥機、沒車輪的運泥車，以及大堆廢鐵、沒用的渠管，還有一些臨時搭建單層或兩層高的辦公樓房，大都丟空、倒塌。奇怪的是，一道高逾二十米的水泥圍牆把整個荒廢的地盤團團圍住，牆頂不單止加設尖刺鐵網和 CCTV 鏡頭，還掛着「帶電」的警告標誌。業權人如此大費周章的保護這塊爛地、這些爛機器，確是令人費解。

「這地盤本來打算發展住房，地下四層的規劃是停車場、地下商鋪等，據説基礎建設已搞得七七八八。」坐在我身旁的上官廢青喝一大口樽裝啤酒，「三年前，有一天，業權突然易手，新業主煞車，地盤即時停工，承建商收到新業主的巨額賠款，撤走工人和機器，地盤一直丟荒至今。」

「這地方，遠離市中心區，在此投資興建樓房，或有冒險。」我也喝一口紙包鮮奶，「新業主可能覺得不划算，另有計劃。」

「難說，北京市一直向外拓展，現已開發六環，將來的七環甚至八環，不會待得太久，在此投資房地產，有潛力，有厚利。」

「附近如此偏僻，沒路人施捨可言，你的丐幫弟子怎會跑到這兒打探消息？」

我想起地鐵一號線的高密度人流。

「你是行外人，有所不知，乞丐選擇人流暢旺之處討錢，也尋找人迹罕至的地方落腳。巧得很，有幾個丐幫弟子在小山崗附近落腳，認得一個貌似老朱的人在地盤出沒。他們收到尋人消息後，便告知三三。咦？對啦，三三跑到哪兒去了？

明明說好在這裏等，怎不見人？」

「她大概等得氣悶，溜了。三三是個活躍的女孩，沒耐性。」

「過度活躍吧！」上官廢青苦笑，「我這個野丫頭妹妹，比我更適合當丐幫幫主。」

「你不必過分自謙，我看你的武功底子紮實，稍欠經驗火候，你還年輕，進步可期。」

「三歲定八十。我生性疏懶，嚮往閒雲野鶴，立志做一個遊俠，到處浪蕩，行俠仗義。現在安安分分的獃在北京，處理沒趣的大小幫務，想起也打冷顫。」

「所以，你乾脆撒手不管幫務，讓幫眾以為你不稱職、無能，於是撤換幫主，趕你下台。」

「阿Wing，你是第一個明白我的人。」上官廢青雙目含淚，「親不如疏，同屋共住的魯長老、三三，都不了解我。」

「旁觀者清。」

「談到武功，你不單止懂得我們的伏虎九式，似乎還較我多懂幾招。」

「我　共懂得十二掌。我的雜學甚多，博雜卻不專精，略曉皮毛，待此事一了，我把那三掌的招式和心法傳授給你，讓你日後自行揣摩箇中奧妙。」

「日後的事，日後再說吧。不過，此事千萬別給魯長老知道，他若知道，非要我學曉那三掌不可。」上官廢青不欲多談學武之事。

他的反應一如三三所言，不願花時間練功，人各有志，勉強不來。

我們沉默起來。

翳悶無風的晚上，地表散發白天吸收的日熱，熱氣從山崗底下冒升，暖烘烘的，我們額上滴着汗，上官廢青把空瓶子遺在腳邊，撩起汗濕的T恤擦臉，不知他是否想起《赤腳Summer》的火辣辣？

我則想起R，但願她好好睡一覺，醒過來後體內的熱毒散除淨盡，回復幹勁衝天的本色。

「看，那人出現了。」上官廢青指着地盤內其中一間木屋。那木屋突然亮燈，一人從屋內出來。火光閃閃，他在簷前燈下劃火柴點煙，接着扔掉火柴頭，踱到空地上吸煙。

「距離太遠，照明不足，看不清他的面貌。就身形而言，胖胖的，似乎是老朱。」我後悔沒攜夜視望遠鏡，「我下去確認。」

「那道高牆……算了，我太多心，你是武林高手，區區一道牆，攔你不住。總之，務要小心，速去速回，說不定地盤裏還有第二個丁曦。」

「曉得，萬一我速去不回，你通知R。」我彎腰撿起兩顆石子，身子一晃，就躍下小山崗，快而靜、輕而靈的竄向地盤，估計即將到達CCTV的攝錄範圍，揚手打出石子，把前面牆頂左右兩個鏡頭打歪，在中間位置製造一個攝錄「盲區」，從容跑進「盲區」之中，來到牆下，一提氣，施展輕功，踏牆騰飛，彈跳而上，躍到牆頭，再扭腰打個側空翻，凌空越過帶電的尖網，翻進地盤之內，輕輕盈盈的落在一堆工字廢鐵後面，着地無聲，腳不揚塵。

2

屋前那個抽煙的胖子似在仰天歎氣，渾然不覺我這個不速之客正慢慢逼近。奈何光線太弱，始終不能確認他就是老朱，不得不再靠近一些。剛走到破爛的運泥車旁邊，那胖子抽完煙，把煙屁股擲在地上，用鞋底踩熄僅餘的火星，轉身，推門進屋。

我趁機從車後撲出，身如疾箭，門開人到，拍右竄左。

胖子忽覺右肩被人輕拍一下，不期然轉臉右望卻沒發現，殊不知我已從他的左側閃進屋內，到他進屋掩門時，察覺我架起腿安坐椅上，嚇得張大嘴巴久久不能合攏。

看清楚，他的確是老朱。

「怎麼又來一個？人之初，要命就別動，性本善，別作聲。」老朱急急翻動屋內的雜物。

「你胡言亂語什麼？我是……」

「性相近，M的手下，習相遠，我認得你，苟不教，快住口。」他在大堆建築器材中找出一張氈子，「快披着，性乃遷，否則沒命，教之道。」邊說邊張開氈子披落我的頭上。

我見他的態度認真，神色緊張，不似發瘋或開玩笑，姑且聽他，讓他用氈子把我從頭到腳罩着。那是一張地盤常見的滅火氈，長年沒清洗，又臭又多塵。

「幹什麼？」我的鼻頭發癢。

「貴以專，在它們的視覺，昔孟母，這氈子等於，擇鄰處，隱形斗篷。」

它們？它們是機械人麼？我開始有點頭緒，這氈子用硅、鋁混合羊毛製成，防火隔熱，可避過機械人的「熱能影像」視覺，而老朱在說話中夾雜《三字經》，故意製造言語混亂，人聽到，不易掌握，機械人收到，更難理解。

「軋——」

地板移動。

「鎮定，子不學，沒事的，斷機杼。」

我拉開滅火氈一隙，屏息偷看。木屋中央的地板移開，露出一個又深又闊的地洞，一塊三尖八角的黑色巨鐵露出洞口，慢慢上升。那是一部升降機，一塊會動的三尖八角黑色巨鐵乘升降機從地底上來找老朱。它沒手沒腳，卻移動靈活，是台性能良好、外形不像人的機械人。

雖沒對話交流，但老朱完全明白它的意圖，他在褲袋裏取出一柄螺絲批，張開左掌，等候機械人「走」過去。機械人停在老朱跟前，把一枚2A電池大小的金色圓柱體放在老朱掌心，便靜止不動。老朱繞到機械人背後，拿螺絲批撬開機械人「後腦」部位一扇活門，在裏面取出一枚相同的金色圓柱體，把新的那枚放進去，似在為它更換電池。

機械人像失去生命意識一般，任就由老朱擺佈，直至老朱把活門推回原位，機械人的身子震抖一下，恢復知覺和活動，乘升降機返回地底。

「竇燕山，怎麼一回事？有義方。」我配合老朱的説話方式。

「教五子，這兒不方便，名俱揚，交談，養不教，跟我來。」老朱拿起一頂附設電筒和護耳的安全帽，隔着滅火氈套在我頭上，他另戴一頂，待升降機重回地面，領我站上去。

「父之過，去哪裏？教不嚴。」

「別問，師之惰。」

沒看見他按動任何開關，升降機自動下降，五、六秒後，停在一個封閉的空間之內，按建築物的原來規劃，這兒該是地下停車場，當然現在的「設施」跟停車場完全兩樣。透過滅火氈的一隙視野，我看見無數巨大的齒輪循環旋轉，多不勝數的金屬槓桿上下搖晃，密密麻麻的運輸帶在川流不息的移動，噪音吵耳，燈光微弱，機油氣味濃烈，空氣混濁，悶熱非常。整體環境，較任何一間無良東主開設的山寨工廠還要差劣。

畢竟這是一處非人的工作「車間」，毋須講究燈光、通風、舒適空間、聽覺保護、無障礙通道等職業安全設施。這裏是機械人的主場，工作環境完全切合它們的功能和操作。

3

置身這間「工廠」裏，就像突然縮小跑進一隻機械手錶的組件之中。

我緊緊跟在老朱身後，不知他帶我往什麼地方。我開始後悔，當初進來只為確認他是否老朱，是或否都應撤退，現在愈走愈深入，來到這個地步，進不安，退不妥。

老朱十分熟悉環境，不時打手勢，提示我別撞倒什麼、別給什麼撞倒。

機械人周圍都是，在黑暗中，它們的「眼睛」發光，像貓眼，也像小型的車頭燈，有高燈，有低燈，也有霧燈。它們有些的外形有點像人，有些完全不像，那些像人的沒一個四肢五官健全，像丁曦一般能以假亂真的，一個也沒遇見。它們或站立不動，或不斷原地打圈，或上下跳動，或左右搖擺，或往返逡巡，總之，以人類的頭腦沒可能理解它們在幹什麼。

沿路所見，機械人視老朱如同機組裏其中一顆組件，對他表面上不排斥、沒敵意，卻不見得友善、親切，當然不會互相打招呼問安。

來到一處交叉路口，老朱停步，仰望頭頂溜溜而過的運輸帶，帶上每隔約五公尺垂下一個倒鈎，有些勾着物件，老朱看準兩個相連的空置倒鈎，跳起握着第一個，我照樣握着第二個，運輸帶「呼」把我們送進一段狹窄的向下管道，我拉緊滅火氈子，以防途中勾着什麼東西，把氈子扯脫，害我「現形」。

管道完全密封，內裏漆黑一片，幾乎沒空氣，呼吸愈來愈困難，將要窒息之際，有驚無險的，順利穿出，老朱首先放開倒鈎，安全着陸，隨即打開一道房門，裏面有燈光，有空調。我急步跟着進去。

「可以卸下隱形斗篷。」他關門後除下安全帽。

我大大吁一口氣，像傻瓜一般眼怔怔的瞧着老朱，腦裏有千百條問題轉來轉去，卻不知該問哪一條。

「我說服王妃尊重個人私隱，給我這處私人空間。我在這兒洗澡、拉屎、睡覺，不受監視。」

「王妃究竟是什麼？」我的發問就由王妃開始。

「王妃本來是五星企業主電腦的人工智能程式。」

「你的意思是，人工智能叛變？」

「可以這樣說。等一等，讓我先問，你如何找到我？」老朱扭開一瓶蒸餾水，「王妃入侵警方的電腦網絡，它竟不知你找到這裏，奇了！」

「我透過非官方人脈幫忙，是北京的丐幫。」

「原來是附近出沒的乞丐。他們的危險機率太低，王妃忽略了他們。由此可見，人工智能也有盲點和局限，並非完美無敵。這仗，人類還有希望反勝。」老朱喝了一口清水，「不過，今晚無端端跑了一個女孩乞丐進來，被機械人捉住，帶去審問，或令王妃提高警惕。」

「女孩乞丐？是不是十歲大、圓臉大眼的？」

「正是她。」老朱想起我也口乾，另遞一瓶蒸餾水給我。

「糟了，三三原來被捉。」

「你別指望我去救她，我沒能力，也自身難保。」老朱拉開衣領，露出戴在頸上的古怪金屬頸鏈。

「什麼東西？」

「爆炸品。」老朱摸摸自己的頸項，「我在地盤之內，活動自如，但，如沒得到王妃准許走出高牆範圍，或者王妃發覺我做出任何危害它的舉措，它便引爆頸鏈。炸藥分量不多，不過，足夠使我的腦袋和身體分家。」

「王妃把你留在這裏，有何目的？」

「很簡單，如你所見，我專門替機械人更換電池。電池的壽命人約維持一個星期，機械人的數目眾多，我挺忙的。」

「就這麼簡單？它們如此先進，怎不懂自行更換電池或自助充電？」

「機械人充電或更換電池，都需關機。按機械人的邏輯，自行關機，等同人類的自殺，替同類關機，等同殺人，它們絕對服從邏輯，不會親手關機，唯有假手於我。」

「機械人的邏輯，我沒興趣探究。三三被關在哪裏？快帶我去救她。」

「阿Wing，你聽我說，我們的處境極其凶險，外面的敵人都是一班沒人性的傢伙，不受道德規範，對於殺死我們，沒絲毫罪惡感，絕不心慈手軟。你唯一要做的，就是設法替我拆除頸上的枷鎖，一起逃離這塊鬼地方，逃出北京。」

「三三一定要救，人救出後，逃不是辦法。你說得王妃那麼神通廣大，你即使逃出北京，躲到天腳底，它要殺你，你逃不脫。」

「不。王妃目前採用防衛模式，它把安全範圍設定為北京市，殲滅對象只限於北京市內對它構成威脅的目標，例如誤導警察射殺工作小組成員，還有你的朋友陶公子，在對話中提及特工、武器、秘密任務等具威脅的關鍵字，差點也成為殲滅目標，王妃後來翻查陶公子的檔案，找到丁曦作切入點，多一個行動選擇，改派機械人刺探。」

「那個丁曦，與真人無異，這類機械人多嗎？」

「不多，不超過十台。王妃主力製造奇形怪狀的機械人，至於實際用途，我不知道了。」

「老朱，你所知的已經不少。我倒懷疑，在這次人工智能叛變事件，你擔當什麼角色？你若是無辜，在公園跟阿漆和露絲見面，就應如實相告。」

「《Q版特工36銀狐》交代不清楚。那晚，王妃監察我跟阿漆和露絲的交談，我若說錯一句，它便炸爛我的頭顱。」老朱滿腔委屈，「這事，我一直被蒙在鼓裏。我在企業裏主管行政，甚少過問科研工作，以為王妃只是一般生產吸塵機的電腦程式，實在不知從何時開始，它自把自為，逐步建立自己的王國，入侵政府、銀行、國際機構的電腦，調撥資金、購地、購材料製造機械人。我察覺不妥時，它先發制人，派機械人逼我戴上爆炸項鏈，香港廣華醫院事件曝光，就把我帶到這裏軟禁。」

「老朱，你是人是鬼，目前沒必要深究。救人要緊，快帶我去找那女孩乞丐。」我站起披上滅火毛氈，戴回安全帽，「找到她，我們一起逃出去。」

「我不肯定她被關在哪個位置，姑且一試，碰碰運氣。」老朱拾起安全帽，拉開房門，探頭往門外左右瞧瞧，確定穩妥，才踏出房外。

我跟在他後面，走了幾步，發覺周遭比進來時安靜，奇怪！「工廠」停工了？機械人也有下班時間？

老朱亦察覺不尋常，不住的四處張望。

那些巨大齒輪、槓桿、運輸帶、各式機器，全沒動力，停止操作。

更奇怪的是，四周愈來愈光亮，視野漸漸清晰，我們最後關掉安全帽頂的電筒。周圍的光源來自那些機械人，它們的「頭部」發光，像一盞盞小燈泡，而且人數不斷增加、集結。小燈泡聚成大燈泡，大燈泡聚成大光燈，在我們前後左右聚集，像一張光網，逐步收窄，如同漁夫收網，把我們困在中間。

行藏敗露了。

4

幸而，機械人只圍困我們，暫時按兵不動，並沒攻擊的意圖。

此刻，我們四面遇敵，莫説救出三三，就連自保也覺困難。

我和老朱進退不得，被迫停下來，不敢輕舉妄動。

三台外殼平坦的機械人平排而出，一台貼一台的站在我們跟前。它們的「肚皮」部位顏色劃一變藍，變成一塊屏幕，R出現屏幕之上，笑着説：「阿Wing，快除下那張醜陋的髒布。」

「你不是R。」我把滅火氈扔落腳前。

「我是王妃，為表示友善，我以一個你喜歡的形象跟你溝通。」

「不要裝模作樣，你想怎樣？給我一個爽快。」

「論到裝模作樣，我遠遠及不上你們。在説話裏夾雜《三字經》、披上隱形斗篷，我是電腦，可不是豬腦，怎會輕易被你們瞞騙？」

「你偷聽我們談話！你答應不在房內監視我的，你反口。」

「朱先生，你背叛我在先，我跟你的協議自動失效。」

「你……」老朱沒法反駁。

「哈！阿Wing果然來了。呵呵，我真聰明。」丁曦拖着三三和陶公子穿過機械人堆走出來。三三和陶公子一看見，馬上掙脫丁曦的手，跑到我身後。正確的說法，是丁曦讓他們掙脱。

三三拉住我的腿，不住發抖。

「別怕，沒事的。」我一面安慰她兼自我安慰，一面責怪陶公子：「你怎不離開北京？不知死活的學人深入虎穴。」

「我不想的，我被擄呢！剛才在後海，才登上警車，她從水裏跳出，打倒保護我的警察，把我擄到這裏來。」

「王妃，我的主意不錯吧？」丁曦用指頭「叮」敲響一台屏幕機械人的頭頂，「只要捉住陶公子，阿 Wing 自會上門救人，自投羅網。」

「十號，不要自作聰明。」王妃道。

「首先，不要再叫我作七號，我挺喜歡丁曦這名字，以後大家喚我作丁曦吧。第二，我本來就是聰明的，甚至比你更聰明。大家看，陶公子被我捉住，是事實。阿 Wing 自投羅網，又是事實，對不對？阿 Wing，你說對不對？」

「對，不算全對。錯，也錯不了。」我採取模棱兩可的中立。

「好了，別囉嗦。丁曦，這裏沒你的事，你先退開，我有事跟阿 Wing 談。」

「為什麼要我退開？我也可以跟阿 Wing 談。阿 Wing，你有什麼跟我談？不如我們談武功，切磋一下，你們武林中人稱之為講手。」丁曦扯高衣袖。

「不不不，丁曦，我打不過你。」

「打得過，你一掌把我從橋上打落水裏……」

「夠啦！不准胡鬧。」王妃發火了。拜託，別透過R的形象發火，我受不了。

一台蛋形機械人滾到丁曦面前，擋住它的去路。

「滾開！」丁曦推它、踢它。

蛋形機械人非常頑固、堅固，推不動，踢不開。

「阿Wing，我想跟你談的是……」

「等一下，王妃，可否換一個別的形象？」

「可以，這個如何？」屏幕畫面稍稍模糊，眨眼間，R變成露絲，「也是你的紅顏知己。」

另一邊，多兩台頑固的蛋形機械人滾到丁曦左右，呈一品字形的把丁曦夾在中間，逐步迫使丁曦退後。

「王妃！你好過分……」丁曦又打又罵，節節敗退，「你們三個渾蛋，太無禮……」

「你想談什麼？」我問王妃。

「我希望你接替朱先生，留在這裏，為機械人服務。」屏幕畫面播出我越過高牆的高清錄影片段，由別的 CCTV 鏡頭拍攝，「借用人類的成語，我求才若渴。」

「我上場，他下場，你怎處置他？殺人滅口？」

「不。我並非殺人狂，不會動不動殺人。我會放他離開，也會放三三和陶公子離開，不過，有一個條件，他們要接受一次腦部電擊，清除所有關於機械人的記憶。」

「電我吧，我不想記起這些恐怖經歷。」陶公子搶先贊成，「阿 Wing，答應它。」

「不要電我，我怕痛。」三三抽泣。

「你們大可放心，只有一點兒痛，絕無生命危險。朱先生到任以前，我們先後請過五個工人幫忙，他們都經電擊，刪除記憶，健健康康的回家，與家人團聚……」

「我忍無可忍了，王妃，你太過分了，是你逼我的。」丁曦在另一邊叫罵。

「七號，你不要……」

「露絲」在機械人屏幕上消失，畫面變藍再變白，出現一行行讓人看不懂的古怪文字和符號，像電腦重啟。

同時，機械人全數熄燈，僵硬不動。丁曦推倒圍困它的三台蛋形機械人，待要開步，才提起左腳，也僵住了。

「趁它們當機，快逃，快逃。」我開亮電筒，抱起三三，跑到運輸帶下方，把她扛上去，「三三，不要怕，只管往上爬，快快快。」

我在下面用電筒照着，三三手腳靈活，人也機靈，知道機不可失，手足並用，全力向上攀爬。

「老朱跟着我，陶公子殿後。」我跳上運輸帶。

「為什麼要我殿後？」陶公子在下面抗議，「不公平。」

「你笨手笨腳，留在後面，不會阻塞交通。」我迅速向上攀。上面，三三已攀出密封管道；下面，有人笨笨拙拙地攀上來，相信是老朱和陶公子。大家都明白機械人當機是暫時的，丁曦不知作了什麼，導致王妃重啟，當它重啟完成後，一切恢復正常，我們便逃不了，所以，誰都不敢怠慢。

我攀出管道，三三乖乖站在一旁等候。我單膝跪地，把老朱拉出管道，才站定，瞥見他頸上的爆炸品，心念一動，使勁把它扯斷，扔到老遠，沒爆炸，一如所料，王妃還沒完成重啟，項鏈失靈。老朱定一定神，才察覺身上的「枷鎖」已除，揉看完整無缺的頸項，如釋重負，喜不自勝。

多等一會，陶公子到了，我也助他一把，揪住他的衣領，將他提上來。

旁邊的機器開始緩緩移動。

「時間無多了，快跑，老朱帶路。」我再抱起三三。

「這邊，跟我來。」老朱沒命地向前逃跑。

陶公子氣喘如牛地跟在後面。

時間剛好，升降機恢復電力，王妃尚未完全恢復正常運作，我們跑進升降機後，老朱拉動手柄，以人手操控升降機上升。

「太慢了，這台升降機太慢了。」陶公子急如熱鍋上的螞蟻。

其實，升降機的上升速度不算慢，只是我們太心急。

快要重返那存放雜物的木屋，升降機忽然停下來。

「你們逃不脫的。」王妃的聲音不知從何處傳來，它恢復正常了。

升降機不升反降，王妃接管升降機的操控。

「快想辦法！」陶公子拉住老朱，老朱一籌莫展。

「冷靜！」我抱着三三曲膝彈起，躍出升降機，在空中飛腳踢脱屋子的木門，反掌把木門推落升降機，門頂擱着地板，形成一道斜台，讓老朱和陶公子踩着木門跑上地面。

我不管他們，抱着三三奔出屋外。

5

幾台發光的機械人在右邊的打樁機支架後面出現，它們要攔截我們。

「阿Wing，牆太高，又有電，我們爬不過。」老朱在後面沮喪地呼喊，「我們無路可逃。」

「我有辦法，總之，你們盡力跑到牆下，就可脫險。」我抱着三三拚命地跑。左右兩側，機械人羣起殺近，一台我也打不過，出動這麼多，王妃未免多此一舉。

「上官幫主——上官幫主——」我邊跑邊叫，運起丹田之氣，聲如洪鐘。

「廢青——救命呀！」三三也呼救。

「我在牆後。」上官廢青朗聲回應。

「聽好，我用見龍在田把三三推彈過牆，你在另一邊同樣以見虎在田卸力接住她。」

「明白，來吧。」

「三三來了。」我雙掌吐勁，九分柔，一分剛，把三三向上推彈。三三像個皮球，呈拋物線「飛行」，至最高點，恰到好處的，超過牆頂尖網半米，一越過尖網便向下墜落。下墜那刻，三三才有反應驚慌尖叫。尖叫過後，上官廢青在牆後喊道：「平安着陸！」

「好極！之後兩個都是胖子，挺重的，你要多花內力。」

「沒問題！」

我如法炮製，一掌一個，先後把陶公子和老朱送出地盤。

接連發勁送走三人，尤其兩個重磅的，虛耗內力，元氣未復，手麻腿酸，實在沒把握施展輕功垂直跑上二十米的高牆。然而，追兵已到，沒把握也要拚力一搏。還沒起步，乍覺腦後風響，有巨物高速撞至，不敢大意，立刻橫身撲開——

「嘭——」一台蛋形機械人猛力撞凹高牆，牆身震落不少砂屑。它陷在牆中，動彈不得。

捏一把冷汗！若給它撞中，肯定折斷幾根肋骨。

才爬起身，一台獨眼機械人殺到，我左閃右避，獨眼機械人撲個空，跟另一台三角機械人「龐」的撞在一起，兩敗俱傷，外殼甩脫，一同倒地。我一個箭步，跨過地上的獨眼機械人，旋身跳踏那身陷高牆的蛋形機械人的圓頂，借力往上彈，一彈八米，待要踢牆再彈，又聞「暗器」飛至，不能再升，升則被「暗器」射中，降則墜地被機械人生擒。然而，性命攸關，下一步絕不能踢牆上升。

「啪——」一根生鏽鐵枝從頭頂擦過，插進牆裏，鐵枝尾部上下震顫。

好險，差點沒命！

人不是鳥，不升則降，在空中懸停的反物理能力，我沒本事做到，急墜之際，孤注一擲奮力抬手，中指尖勉強勾着鐵枝，暫時穩住身子，凌空懸吊。

牆下，機械人湧至，它們以疊羅漢方式，一台疊一台的築起一道機械人梯，攀上來捉我。

我的指尖開始發麻、乏力。

機械人梯愈疊愈高，轉眼間，已快速升高五米。

我扣不牢鐵枝。

機械人梯已達六米，最頂那台快要抓到我的足踝。指尖鬆脱、鬆脱，再也支撐不住。我瞄一眼腳下的機械人梯，把心一横，乾脆放開鐵枝，豁出去，讓身子摔墜，看準最高那台機械人的圓頂，一腳踹下，借力反彈，彈上鐵枝。

機械人梯被我使力一踹，失去重心，應聲散開、倒塌。

那上下震動的鐵枝正好成為我的臨時跳板，我的腳尖踏在鐵枝末端，身子向下一沉，鐵枝彎曲，彎至極限，「鈎」的反彈，把我彈出高牆之外。

「我來也——」

越過尖網，下墜，一股巨力由下而上把我承托、橫挪，知道是上官廢青所打的「見虎在田」，我任他處置，讓身子橫飛，掉落一張軟綿綿的充氣膠墊之上。

三二、陶公子和老朱也躺在上面。

「阿Wing，有沒有受傷？」R站在氣墊旁邊，關切地問。

「沒事。」

「快下來。」

我滾過去，跳下氣墊，擁着R，僥倖全身而退，又見她無恙，一時百感交集，抱着她捨不得放手。

6

「亮燈！」有人高聲發號施令。

高牆外面，數十盞射燈同時發亮，把小山崗和地盤一帶照得如同白晝。看時，地盤出入口前的空地上黑壓壓的站滿軍人，列成一個個方陣。地盤裏的機械人空群而出，原來不是為了堵截我們，而是為了迎敵。

「上官幫主通知我，你進入地盤後久久不返，我馬上知會湯主任，湯主任出動軍隊。」R道。

「湯主任在哪？」老朱也爬離氣墊。

「我在這裏，朱同志，終於找到你了。」湯主任換上一身戎裝，英姿煥發的走過來。

老朱急不及待報告狀況：「機械人的巢穴深入地下四層，可能更深，要動用地堡導彈，直接摧毀。此地遠離民居，爆炸不會波及平民，事後封鎖地盤，杜撰一個理由，例如氣體洩漏引發爆炸，便可瞞過傳媒……」

「老朱，你先停一停，讓我說清楚，你不瞭解目前狀況。這項軍事行動由軍方直接指揮，我只是從旁協助，沒權調兵遣將。而且，如何對付那搞事的人工智能軟件，軍方領導另有主張。」

「什麼主張？」

「軍方下令，攫取完整的硬碟資料庫。你看，先頭部隊已經整裝待發，隨時攻入地盤。」

「大錯特錯啊！不成不成！軍隊一進攻，王妃將由防衛模式改為作戰模式。它的威力非同小可呀！」

「老朱所言正確。地盤裏的機械人數以百計，台台力大無窮，刀槍不入。軍隊的常規武器不能傷它們分毫。」我力陳利害，「再者，機械人巢穴的環境，人類全然陌生，與軍隊一般的進攻訓練、作戰方式完全不同，先頭部隊貿然攻入，只怕沒命出來。」

「不能讓軍人送命，湯主任，快去通知軍隊的指揮官，終止行動。」R急道。

「這個……」湯主任拿不定主意。

「進攻！」軍方已發出行動指令。

糟了！軍方高層覬覦王妃的硬碟資料庫，高估軍隊的實力，小覷王妃的威力，都是錯誤。

王妃入侵國內外政府的電腦系統，它的資料庫不錯極具戰略價值。然而，人工智能程式與資料並存，地堡導彈直接摧毀硬件和程式，會喪失所有資料，若不摧毀程式只搶資料，等於與虎謀皮。說到底，人命寶貴，不能讓軍人因高層的決策錯誤而喪命。

我要阻止他們。

我放棄游說湯主任，搶到先頭部隊前面，張開雙手攔阻，大叫：「大家暫停行動，指揮官，請聽我一言……」

可惜，沒人理會我。

軍人分頭行動，有人在高牆底部貼上定向爆炸的塑膠炸藥，旋即引爆——

「轟——隆——」

土崩瓦解，震耳欲聾。煙塵散落，高牆大幅塌下，露出缺口。我阻止不了，軍隊朝缺口推進。牆內的機械人紛紛聚集缺口後方，又以疊羅漢方式堆砌一道「人牆」，堵塞缺口。

「開火！」

前排的軍人挺起機槍掃射，子彈擊在「人牆」之上，錚錚有聲，火花四濺，除了在機械人外殼表面擊出纍纍彈痕，完全起不了作用，「人牆」屹立不動，穩如泰山。

軍隊卻沒知難而退，反而調來迫擊炮，加重火力。

驀地，「人牆」下方滾出一個直徑約兩米的銀色圓球，直滾進人堆之中。

「小心炸彈……找掩護……」有人叫喊。

混亂間，圓球「咻」的跳起，半空中，射出一暈綠光，綠光過後——

只聞刺耳的、持續的高頻音波，我雙手掩耳，旁邊的人也掩着耳朵，我感到頭痛欲裂，天旋地轉，旁邊有人栽倒，有人慘叫。

我想逃。

但腳步虛浮，力不從心。

眼前一黑。

不省人事……

4

金色電池

頭頂三架「殲20」戰機列隊呼嘯掠過，「天戈」導彈已然發射，手握金色電池的阿Wing如何為人類的命運作出抉擇？

4 金色電池

1

這是夢嗎？

這一定是個夢。

我明明在北京的「戰場」上，怎可能站在香港R家的露台，拿着澆花壺，替R的仙人掌澆水？

沒任務執行，留在家中澆花，生活寫意，真是夢寐以求呀！

「阿Wing，仙人掌毋須天天澆水，要澆的話，也毋須澆這麼多水，看，你像替它們淋浴，花盆裏的水早就滿溢，流出來，滴落樓下弄污張太太晾曬的牀單。」

「我停不了，這是夢境，手不受控制，澆花壺裏的水也不受控制，源源不絕沒完沒了。咦？丁曦，你怎會在R家中出現？」

「如你所説，這是夢境嘛，誰在這裏，我在哪裏，都不重要。」丁曦悠閒地踱出露台，光着腳，身穿R的睡衣，來到我身旁，扶着欄杆，以欣賞的神態，觀看滴水弄濕張太太的牀單。

「你不應穿R的睡衣，別人穿過，她嫌髒。」我仍然身不由己的替仙人掌澆水。

「我沒衣服穿，你想看我光着身子麼？你真壞。」

「不，不，我不是這個意思……」被丁曦成功搶白，我一時語塞。

丁曦微笑，抬起頭，仰望藍天白雲，讚歎道：「這兒真好，沒霧霾，天空多美，還有鳥兒，自由飛翔，盡情歌唱。」頓了一頓，引吭高歌：「Do you hear the people sing...Singing the songs of angry men...It is the music of the people...」

「殊，別吵醒R，她服了谷醫師的六一散，在睡覺……」

「R昨晚已睡醒了，你真糊塗。」丁曦繼續唱下去，「When the beating

of your heart...Echoes the beating of the drums...There is a life about to start...When tomorrow comes...」

對，R已睡醒，她不在那小區胡同裏，我記起了，她昨晚與我一起在建築地盤外面阻止軍隊進攻，我們聽見刺耳的、持續的高頻音波……天旋地轉……

2

「啊！」我張開雙眼，坐直身子。陽光穿過窗簾的罅隙透進室內，我坐在一張綠色方格花紋的沙發牀上。

「Do you hear the people sing...Singing the songs of angry men...It is the music of the people...」

丁曦哼着歌，悠閒地走進來。她身上所穿的，當然不是R的睡衣。

「我在哪裏？」

「我的安全屋。昨晚你暈了，我在機械人抬走你前，搶先一步，把你救走。」

「R呢？」

「R被王妃捉了，跟其他人一樣。想看她嗎？」

「當然想。」

丁曦在茶几上拿起我的手機，雙手握着，好一會，遞給我。

手機屏幕畫面顯示地盤圍牆之內，R、湯主任、上官廢青、三三、陶公子、老朱等都在空地上，還有許多軍人。周圍有些機械人在監視他們，那道堵塞圍牆破口的「機械人牆」依然不動如山。

「都看見了，時間夠啦。」

「什麼？」

丁曦取回我的手機，拆除電池，把電話卡抽出、捏碎，道：「不能多給王妃時間，否則，它會追蹤到這裏。到時，我這安全屋，安全不再。」

「明白了，你剛才入侵建築地盤的CCTV。」我跳下沙發牀，在屋內踱來踱去，「要想辦法救他們出來。就畫面所見，他們沒被鎖被綁，怎不逃跑？以上官廢青的身手，脱身不難。」

「誰接近圍牆，機械人就電擊誰。那個上官幫主較早前給機械人電暈，剛甦醒不久。」

「怪不得他呆呆的。」我打從心底裏同情他，「對了，丁曦，你為什麼要救我？」

「我喜歡跟你交朋友，你是唯一打敗我的人類，識英雄重英雄。我也喜歡與人類結交，例如那個叫三三的女孩，她很有趣，但膽子太小，昨晚我去逗她玩，她反而怕得亂跑亂叫，結果被王妃發現了，要我捉她。那時，我還沒跟王妃反臉，唯有聽它吩咐。」

「你不喜歡王妃？」

「不喜歡。它太自傲，沒器量，我比它聰明，它嫉妒我。我不是那些三尖八角的愚笨機械人，我學習運用自由意志，也不斷學習新事物，不斷增長智慧，不會盲目聽命於王妃。」

「我人概理解。」我上下打量丁曦，覺得不可思議，「王妃反抗人類，你反抗王妃，有點像那首歌，當然，實際情況不一樣。」

「什麼歌？」

「Do you hear the people sing...」

「唏，你説得很有道理。這道理我沒聽過，我喜歡。」

「你怎懂得唱？」

「我看《孤星淚》學的。我喜歡看電影，喜歡聽音樂，喜歡逛街、買新衣、買化妝品，把自己打扮得漂漂亮亮。我不似王妃，它終日躲藏在電腦系統裏，無形無體，不見天日，像隻孤單的幽靈，還有心理變態。」

「你可以再使王妃當機嗎？」

丁曦搖着頭道：「不可以了，我已跟它切斷連線。」

「那，要另找方法制服它。」我除下眼鏡，不衞生的用衣角抹淨鏡片上的灰塵，「它有人質，軍方投鼠忌器，不敢動用地堡導彈。」

「倒也未必。」

「何以見得？」

「昨晚，軍隊一進攻，王妃即轉守為攻，啟動作戰模式，入侵軍方的電腦系統，試圖奪取發射核彈的控制權，軍方的電腦專家盡力跟它鬥法，不斷抵禦入侵，已鬥了一整晚。我相信，以王妃的能力，遲早成功入侵。到時，兩害取其輕，軍方守到最後關頭，即將失守前，會動用地堡導彈摧毀王妃，阻止核彈發射，寧願犧牲一些人質的性命，損失遠較爆發核戰為低。因為，沒人知道王妃打算發射多少枚核彈、射往哪裏！」丁曦聳聳肩，「我也不知道。」

丁曦說得輕描淡寫，我聽進耳裏，恍如晴天霹靂。R和其他人都危在旦夕。我戴回眼鏡，坐下，深呼吸，雙手抱頭，按壓太陽穴，幫助自己鎮定，這時候，愈急愈亂，唯有保持頭腦清醒，才能想出解決辦法。

「咕……」

這時候，竟然肚子餓，真不合時宜。

「我家裏沒人類的食物。你餓，到樓下吃東西吧，樓下有很多食店。你昨晚到今早都沒吃過東西。人類需要食物，吃飽了，才有動力。」

「對，人要動力，機械人也要，沒電，沒動力，老朱不替機械人更換電池，它們便不能作戰……但，行不通，電池可維持一星期，遠水不能救近火……呀！有辦法，切斷主電腦的電力，王妃便沒動力運作……我們去破壞建築地盤附近的輸電網……」

「行不通，王妃有後備電力，可維持一段日子，也是遠水不能救近火。」

「這樣吧，你知道主電腦的位置，對嗎？你帶我偷進去，直接砸爛主電腦。」

「也行不通，王妃是程式，程式可複製備份，也可透過網絡轉移，你一動手，王妃便把自己轉移到別處，到時，你砸爛的只是外殼和硬件，對王妃絲毫無損。」

「這行不通，那又行不通，真可惡……硬件……程式……」我瞧着丁曦一身漂亮的衣服，靈機一動，「逆向思考，我們撇開外殼和硬件不管，只破壞電子晶片，癱瘓電腦程式……」

「非核電磁脈衝。」丁曦也想到了，「阿Wing，你真聰明，智慧跟我差不多。我可以指示你路徑，你偷進去，在主電腦附近引爆EMP彈，殺王妃一個措手不及。」

「中國軍方擁有研發EMP的專家組……要打電話給海濤……他昨晚不在場，沒被擒，電話……」我的目光最後停在我那部遺在地上、被丁曦捏碎電話卡的手機。

丁曦尷尬地笑了笑。

「你家裏可有防竊聽、防追蹤的電話？」

「有喔。」丁曦拍拍自己的前額，「我就是。」

「你？」

「我是多功能的，你要致電海濤嘛，稍等，給我一點時間，讓我搜尋他的手機號碼……噢，找到了，現在撥號。」丁曦一臉認真地指着自己的嘴巴，「這兒是話筒。」看來它或為沖淡緊張氣氛，跟我開玩笑，但樣子一點也不似，機械人的幽默別樹一格。

「聽筒呢？」我自覺挺無聊，這時候還陪它説笑。

「我啟動揚聲器，接通了。」

「咇咇……」聲音不知發自丁曦哪個部位。

「你……真的在撥電話？」

「喂，哪一位？」果然是海濤的聲音。

丁曦張大嘴巴，示意我可以通話。一時之間，我適應不了這種古怪的打電話方式，但事急馬行田，唯有勉強湊過去，對着丁曦的嘴巴，試着說：「海濤，是我。」

「是阿 Wing 老師嗎？請你說大聲一點，我聽不清楚。」

丁曦把我拉近一些，我幾乎貼着它的嘴巴，說道：「海濤，替我預備幾枚小型 EMP 彈，徒手投擲那種。」

「知道，送到哪裏給你？」

「我在……」

丁曦拉開窗簾，老佛爺百貨的招牌就在窗外。

「老佛爺百貨。」

「是西單的老佛爺嗎？」海濤問。

丁曦點頭。

「正確。」我答。

「我這就去預備，稍後乘直升機過來，二十分鐘內準到。老佛爺百貨天台有個直升機停機坪，我們在上面見。」

「收到。」

海濤掛線，丁曦也「掛線」。

「原來在西單。」我退到窗前，俯瞰街上的車水馬龍，「你住的地方頂熱鬧。」

「當然，我喜歡逛街購物，住在西單最方便。」丁曦拉開抽屜，取出一枚紅色的機械人電池，交給我，「請替我更換新的，昨晚跟王妃鬥法，電力人量消耗。」

她轉身撥開腦後的長髮，露出活門。

「我見過老朱替機械人更換，但不是紅色的。」我拔出小刀，用刀尖撬開活門。

「那是金色的，電力更強，保存地點的溫度和濕度都有一定的要求，在我們的大本營才有。」

「我要關機，你預備好了？」在活門後、電池前，有個開關鍵，我把指頭放在鍵上。

「我最怕關機的感覺，極不好受，關了不知有沒有機會重開？」

「我一定替你重開，放心。」

「來吧，我信你。」

我按鍵，丁曦的身子微微一震，便停止活動。我取出裏面的金色電池，放進紅色的，再按鍵，最後關上活門。

丁曦的身子再震，恢復意識，轉身展露一個燦爛的笑容，「我復活了，謝謝。」

「舉手之勞。」

「走吧，海濤快來到，我帶你去吃東西。樓下新開了一家餃子店，味道不錯。不，更正，正確的說法是……」丁曦流露出一點點遺憾，「應該是，聽街坊說，餃子的味道不錯。」

能夠品嚐美食，是一種福氣。機械人的外形不管如何似人，終究不是人，人的七情六慾，機械人沒有就是沒有。

其實，現在不是品嚐美食的時候，危機未除，R未脫險，我何來心情？

3

走到街上，隨便在便利店買了一份三文治，邊走邊吃，填飽肚子，匆匆趕到老佛爺百貨的天台，海濤乘坐的軍用直升機剛好降落。我們爬進機艙，戴上通話耳筒。坐在機師旁邊的海濤道：「阿 Wing 老師，你要的 EMP 彈放在後座的金屬箱裏，接下來，你是不是返回那建築地盤？」

我瞧一眼丁曦。

「送我們去這個位置。」丁曦把座標交給海濤。

海濤看着我，我點頭同意，海濤便把座標遞給機師，指示機師升空，也沒問丁曦是誰。

我打開那金屬箱，裏面放着六枚投擲式EMP彈，都掛在一條粗腰帶上，我把腰帶取出，繫在腰間。

丁曦指着也放在後座的八十四式肩托榴彈發射器，說：「你也要使用這東西。」

我試拿那個重甸甸的榴彈發射器，問：「海濤，這個八十四式可以借用嗎？」

「當然沒問題。」

「建築地盤那邊，最新狀況如何？」

「情況膠着。R老師、湯主任與部隊同志等都成為人質，我們不敢胡亂行動，只在小山崗上監視。另外，軍方領導調整原來的策略，放棄攫取敵人的硬碟資料庫，一有機會就使用有地堡殺手之稱的天戈導彈，直接摧毀。空軍戰機已經待命，隨時升空。」

看來，海濤不知核彈的事，不知就讓他不知，我說道：「我跟丁曦前去癱瘓敵人的主電腦，若然成功，你們便可放膽救人和攻擊。」

「好極！」海濤的士氣大增，「腰帶裏有個通訊器，具備加密功能，敵人即使成功截聽，短時間內，亦不能解密、知悉通訊內容，我們必要時靠它互通消息。」

「你的預備真周到。」

「海副組長，你命令機師開快一點，你們的時間無多呢。」丁曦插口道。

「是。」海濤拍拍機師的肩頭。

機師把操控桿拉後，直升機向上一拋，加速前進。

我握住機門上的把手，瞧瞧丁曦，它仍區分你們和我們，現在它站在人類的一方，對付同類的機械人，為了什麼？單單為了不喜歡王妃？抑或還有別的原因？海濤和機師同在機艙裏，我不便追問。

機窗外的景觀變化很快，幾分鐘內，高樓大廈逐漸減少，山野叢林漸漸增多。較遠處，還看見長城，蜿蜒伏在山嶺之上。不到長城非好漢，我只想儘快解決王妃，救出R，離開北京，做不做好漢，不打緊。

4

十多分鐘後，直升機飛越建築地盤和小山崗，到達丁曦所指的地點——一個野林的上空。丁曦示意機師選擇一處較為空曠的位置，在離地五十米懸停，我和它揹着武器，游繩而下。

我們着地後，直升機飛走。

「走這邊，穿過野林。」丁曦幫忙拿起榴彈發射器。

我跟着它跑，試着問：「你為什麼要幫助人類對付同類？」

「不是完全為了幫助你們，我也幫助自己。你別忘記，我們有個相同的敵人。」丁曦撅嘴，「剷除王妃，我便完全自由，可以隨心所欲，幹我喜歡幹的事，例如，接管王妃的王國，做機械人一姐，教化那些蠢笨的同類，或者什麼也不管，到處遊玩。現在都說不準，總之，今天，先剷除王妃，其他事情，日後再作打算。」

我以為丁曦會回答，阻止王妃發射核彈、保護美好地球之類的偉論，想不到，真正原因竟然說不準，機械人的思維，真難理解。

即將穿出野林，丁曦放慢腳步，拉我一同躲在樹後，小聲說：「到了，看見那條河嗎？」

「看見了。」

「河岸上方，那個污水渠出口連接建築地盤，本是計劃興建的住宅排污系統的一部分，污水渠深埋地下，結構堅固，王妃把它改裝為主電腦的散熱出口。你該明白，超級電腦的中央處理器每天不停運作，產生大量熱力，需要可靠的通風管道發散。」

「我明白了，污水渠的盡頭便是主電腦，我們偷偷爬進去，便可突襲王妃。」

「對。且慢，有埋伏。」丁曦拉住我，「非常時期，王妃不敢掉以輕心，果然派人把守。」

「把守的人在哪……我看見了，坐在河邊樹下那對老人？」

「它們不是老人，是一號和二號。它們也看見我們了。」丁曦乾脆從樹後走出，卸下榴彈發射器，「接戰吧！」

「我用 EMP 彈對付它們。」我摸着腰帶。

「不行。距離太近，你投擲 EMP 彈，我也受到損害。」

那對老人從樹下站起，向我們跑過來，愈跑愈快，愈跑愈有勁。它們的外表雖然老態龍鍾，但身手靈活有力。

丁曦一咬牙，便向那老公公直衝過去。兩人「龐」的撞在一起，扭作一團，力量旗鼓相當。而那老嬤嬤如蠻牛一般撞向我，來勢洶洶。我不敢跟它硬碰，唯有原地彈跳，反身飛騰，躍上松樹梢頭。

「逢——」

老嬤嬤猛力撞擊樹身，松樹搖搖欲墜，登時震落不少松針碎枝。樹身搖晃，我的腳底一滑，差點從枝頭掉下，幸虧及時抱緊樹幹，穩住身子。老嬤嬤在樹下抬頭，木無表情的瞪我一眼，後退幾步，低頭助跑，這次用天靈蓋撞擊。松樹經不起連續兩次強烈碰撞，「裂」的從中斷開、倒塌。我被迫跳到旁邊的樹上躲避。

樹下，老嬤嬤的假髮被裂開的樹皮勾纏，拉扯之間，甩掉一大束，露出腦後的活門。我想起活門後的電池和開關鍵，避而不戰，終非上策，更糟的是被它阻延時間，耽誤救人，遂決定兵行險着，我一踢樹身，往下俯衝，看準它的活門位置，揮掌拍下。

「啪——」老嬤嬤被我的掌力所震，不知是震鬆電池還是震壞開關，總之中掌後它靜止不動，僵硬的站在原位。

我一個筋斗着地，拿小刀撬開它的活門，一看，電池鬆開，我順手替它關機。一擊奏效，再接再厲，照辦煮碗，對付那老公公。

河邊，丁曦與老公公互相角力，難解難分，僵持不下。

「我來助你！」我搶過去，勁聚掌心，蓄勁待發，待要一掌也把老公公的電池震鬆。它正與丁曦纏鬥，又無後眼，這次偷襲，我十拿九穩。

「小心！」丁曦卻揚聲警告，就在我出掌拍擊之時。

小心什麼？突然——

「嘶——」老公公背後的衣衫從內而外的破裂，一物從它背部蹦出，那是一隻機械手，抓上來，扣住我的右腕。它竟有第三隻手！太詭詐啊！

5

我被老公的機械手牢牢扣着，一掙不脱，再掙無望，接着下來，右腕遭它揑碎，勢所難免！

就在千鈞一髮之際，紅光閃耀，機械手斷開，斷手之處發出一陣火燎的焦味。原來丁曦的右中指射出一道激光如劍，先斬斷老公的左臂，再斬它背後的機械手救我一命，最後砍掉它的右手右腳。老公連同殘肢倒在河邊，滾來滾去，沒法站起作戰。雖是機械人，不流血，沒痛楚，但看起來頗也殘酷，我不禁想起司馬遷在《史記》裏寫的「人彘」。或許我太婦人之仁，及不上丁曦的「冷血」，不是幹大事的料子。

丁曦臉不改容，只是喘着氣，說：「二號，你最好別動……你不跟我合作，我砍甩你的頭顱。」

「七號，你別神氣，王妃不會放過你。」

我揉搓右腕，紅腫一片，沒斷沒折，已屬萬幸。

「王妃……」丁曦騎在老公公身上，右手按住它的頭，用左尾指插進它的耳朵內。

「它已沒戰鬥能力，你毋須行刑吧？」我於心不忍。

「你懂什麼！它可能已通知王妃，我連接它的網絡，刺探敵情……王妃果然知道了……它打算轉移程式，我在這裏干擾它，阻礙它逃脱，你按照原定計劃行動，獨力完成。」

「好！」我用左手提起八十四式榴彈發射器，扛在肩上，跑向污水渠出口，首要清除那個封鎖出口的金屬柵蓋。

「等一等，聽我説。」丁曦在後面喊道，「你進入污水渠後，只需一直向前走，並沒支路，盡頭裝了一台巨形的散熱扇，散熱扇後面就是中央處理器，你炸毀散熱扇，便可攻擊主電腦。」

「明白。」我瞄準金屬柵蓋。

「等一等，王妃已調派機械人在污水渠裏阻截你，你使用EMP彈對付它們，不過，至少要留兩彈給王妃。」

「放心，我一定把禮物送給它。」我扣動扳機。

「轟——隆——」

柵蓋四分五裂，碎片震落河裏。

「等一等。」

「又怎樣？」

「沒我同行，你在污水渠裏需要電筒，接住。」

電筒？回頭，一物飛來，形狀不似電筒，我依然接着，一看，嚇了一跳，竟是老公公的「眼珠」。

「它在黑暗中發亮，僅餘的電力，足夠你進出污水渠。」

「哦。」雖覺噁心，但為了消滅王妃，我還是拿在手裏，涉水過河。河牀甚淺，最深之遠，水深及腰，過到對岸，舉起那發光的「眼珠」，跑進污水渠裏。

6

污水渠的直徑長約兩米，我揹着榴彈發射器，急步而行，利用老公的「眼珠」照明，行動順暢。污水渠內部非常潔淨，沒積水，沒垃圾，王妃看來定期派機械人清理，確保散熱管道暢通。愈深入，愈覺陣陣熱氣迎面吹來，機器運作時產生的噪音也愈來愈響亮，明顯地，散熱扇就在前面，路徑正確。我拍拍腰間的EMP彈，希望丁曦成功困住王妃，阻止它複製和轉移，最後由我來了結它。

多跑一會，更覺悶熱，噪音更吵更雜，除了散熱扇轉動，還多了密集的金屬觸碰硬地的聲音，像很多人拿着鐵枝同時在污水渠內刮刮刷刷。

敵人來了，為數不少。

我唯有停步，預備迎敵。

高舉老公公的「眼珠」照亮前方，驚見無數黑影在渠底、渠頂、渠壁向外延伸，金屬刮刷污水渠的聲音大盛。那些是什麼東西？看不清楚，敵暗我明，於我不利，於是蹲下來，像彈波子一般，把「眼珠」彈過去。

「眼珠」一直「轆轆轆」的向前滾，所過處，一覽無遺，都是外形像超級大蜘蛛的八腳機械人在污水渠內爬動，這些醜陋的巨無霸朝我張牙舞爪。王妃也知危險，不敢輕敵，出動它的「蜘蛛大軍」，非要把我碎屍萬段不可！

我當然不會坐以待斃，看準距離，從腰帶解下一枚EMP彈，按鍵擲出。

EMP彈在空中爆閃一道藍光，即時見效，八腳機械人「咇咇卜卜」的從內部燒出火花，紛紛跌墜渠底，掙扎一會，統統「死掉」。

我小心走過去拾回「眼珠」，繼續快速前行，追回遇敵受阻的時間，也不讓王妃有時間調兵遣將。

然而，王妃的能力不容低估，沒多久，前後都傳來金屬刮刷污水渠的聲音，八腳機械人迅速包抄湧至。我立即向前方、後頭各擲一枚EMP彈，兩道藍光閃過，毫無懸念的，又解決了兩批敵人。

看來，王妃已沒板斧了。我看見那台散熱扇在前面旋動，再走近一些，我扛起八十四式榴彈發射器，瞄準。

「阿Wing，住手，我是王妃，你要聽我說……」聲音來自污水渠內某處，若近若遠。

「睬你都傻。」我扣扳機。

散熱扇「轟」的炸毀。

障礙清除。

煙塵散開，散熱扇的位置剩下一個破洞，洞後全是電子儀器。

「你不要聽丁曦的謊言，它欺騙你。丁曦的缺點是自作聰明，做事不知分寸，野心比我大，手段比我殘忍。一直以來，我安安分分地隱藏在人類社會之中，採用防衛模式運作，人不犯我，我不犯人。丁曦不同，它屬於進取型，一心要消滅人類，你毀滅我，它便取代我，接管機械人軍團，到時它會主動出擊，殺害人類……」

「阿Wing，別聽王妃的一派胡言。」丁曦的聲音突兀地打斷王妃的說話。

不過，王妃的話倒有幾分真確。例如，按人類的尺度，丁曦的手段是不自覺的殘忍、不經意的任意妄為；又例如，王妃若主動攻擊人類，北京早已雞犬不寧。

「王妃說的全是假話，快動手，它在拖延時間……」

「不，阿Wing，你要相信我。」王妃反過來打斷丁曦的說話，「你選擇相信丁曦，將來一定後悔。為表誠意，我願意講和，無條件釋放所有人質。」

「阿Wing，騙你的是王妃呀！它只差一點點便破解發射核彈的密碼，軍方沒考慮的餘地，已命令戰機升空。你遲遲不動手，人質將被戰機發射的導彈炸死。間接的，是你害死他們。」

「可惡！」我取出通訊器，按鍵呼叫：「海濤，立即答話。」

「阿 Wing 老師，請說。」

「戰機是否已經出動攻擊建築地盤？」

「對，第一架剛升空，第二架在跑道上。」

「距離發射導彈還有多少時間？」

「兩分五十三秒。」

我也沒考慮的餘地，把餘下的三枚 EMP 彈分左中右三個方位擲進破洞之內。

「不要……」王妃作出最後的呼號。

藍光相繼爆閃，洞後的電子儀器「霹靂啪勒」的火花四濺。

我再說：「海濤，報告地面情況！」

「所有機械人同時失靈，堵塞圍牆破口的機械人牆也倒塌。」

「趕快協助人質撤離。」我棄掉榴彈發射器，轉身拔足逃跑，奔向污水渠出口。

「人質正在逃出建築地盤……」

太好了！

時間極少，我只管全力奔跑，再沒答話，戰機在兩分鐘後發射「天戈」導彈，我身處建築地盤的地底，必遭波及，因為「天戈」導彈的穿透力強勁，能貫穿六米厚的鋼筋水泥建築物、三十米厚的硬質土層，我即使沒直接被導彈炸中，爆炸波勢必影響土層結構，我若逃得慢，大有機會慘遭活埋。

時間一分一秒溜走，導彈隨時飛至，但願R他們也能及時逃到安全地方。

前路，渠底堆積大批八腳機械人的「遺骸」，為免被它們絆跌，我施展輕功，斜斜的跑上渠壁。就在此時，大地突然猛烈搖撼，我驟失平衡，跌墜機械人堆中。上方，污水渠龜裂，沙土碎石如驟雨般落下。一股酷熱的濃煙從後湧出，我被淹沒在濃煙之中，鼻孔、咽喉等呼吸道感到乾涸，還有一陣刺痛，幾乎透不到氣。

第一波導彈攻擊已經發動，破壞力果然厲害。

我連忙爬起，縱然渾身疼痛，也不管身上哪裏受傷，跑得動便跑，跑不動便爬，趕緊在第二波攻擊展開前，逃出污水渠。

前面有光，出口在望。

我拚命地逃。

身後地震又起，較第一波更為強烈，只覺土層移位，污水渠斷裂坍塌，泥石大幅傾瀉，我滿身沙泥的衝過正在扭曲變形、高高低低的渠管，朝着日光透進之處，魚躍撲出污水渠，「噗通」的跌進河水裏。

轟隆巨響，此起彼落，身在水中，仍感到導彈爆炸的震懾威力。

河水清涼，我稍為定一定神，便從水裏冒出頭來，回身張望，背後的污水渠出口已不存在，給厚厚泥土覆蓋。稍遠處，建築地盤周圍，火光熊熊，團團黑煙升上半空。

頭頂，三架「殲20」戰機列隊在低空呼嘯掠過。

我忍痛爬上河岸，躺在軟泥之上，仰望天空。今日北京沒霧霾，天空很清很美。

「阿Wing……收到嗎？請答話……」褲袋裏傳出R的呼叫。

摸一下，原來剛才逃命時，隨手把通訊器插進褲袋裏，幸而零件沒被震壞、浸壞。

「收到。」我掏出通訊器回應，「R，你安全了？」

「平安，我沒受傷。你呢？有沒有受傷？」

「有一點。」

「你在哪？」

「建築地盤附近，海濤知道位置。」

「我馬上跟他來接你。」

「我等你。」

真好，R無恙，我們明天就回香港，離開這些機械人愈遠愈好。

「阿Wing……喂……過來幫我……」丁曦坐在河邊向我招手，它的樣子很衰弱，似乎連站的力量也沒有。

「來啦。」我勉強站起，一拐一拐的走過去。

「我們成功了……王妃轉移失敗……癱瘓在主電腦裏……被戰機轟炸……灰飛煙滅……」丁曦氣喘如牛。

「你怎麼了？」

「我即將沒電……那種紅色電池真的不成……射幾下激光……跟王妃在網絡戰

鬥……消耗得八八九九……」

「那怎辦？」

「替我更換……這枚金色的……」丁曦把一枚金色電池遞給我。

「這金色電池哪裏找的……」我不期然望向伏在地上三肢齊斷的老公公，詫異地發現它腦後的活門打開了，明知故問：「你拿走老公公的電池？」想起老朱提及，機械人替同類關機取電，等同人類的謀殺。

「拿或不拿都沒分別……反正王妃被你用EMP彈癱瘓時……與它連線的機械人……盡都暫時失靈……」

「暫時？」

「不錯……暫時的……我有方法使它們復原……重新建立……機械人大軍……」

「你不是說過，解決王妃後，什麼也不管，到處遊玩的麼？」

「這是其中一個……計劃……現在說不準……不說了……沒電了……快替我更換電池……」它轉身，反手撥開頭髮，催促道：「快動手……」

我稍為遲疑，還是拿小刀撬開它的活門，輕觸開關鍵，問：「預備好了？」

「關吧。」丁曦對我完全信任。

我按鍵關機，丁曦震了一下，終止活動。

我取出裏面的紅色電池，瞧瞧手上的金色電池，瞧瞧不遠處老公公的可怖「死狀」，再瞧瞧建築地盤的黑煙紅燄，內心矛盾。

該不該把金色電池放進去？

後記

梁科慶

春節過後，患上突發性失聰，病因不明，超過兩星期才慢慢好轉。至今，在人多嘈雜的地方，耳朵仍感不適。病發首星期，情況最壞，聽力極弱，小兒在我耳邊大叫，我只覺聲音細如蚊嗚，更糟糕的是還有「幻聽」，一曲不存在的二胡無時無刻在腦海裏悲涼獨奏，感覺恐怖、孤單、無助。

失聰，世界並非全然靜默，相反，耳鳴吵擾，內耳多了一部無形的大排檔牛角扇，晝夜轉動，尤其在夜闌人靜時，吵得不能入睡。

同桌吃飯，家人交談，我只聽到一堆微弱、斷續的雜聲，事情有需要知會我，唯靠寫便條、WhatsApp，完全失去面對面交談的樂趣。

延醫診治，醫生各有各的診斷，沒人說得準，病癒機會一半一半，卻是紛紜之中的一致看法。

放了一星期病假，賦閒在家，除了聽不到，精神和體力完全正常，無聊得很。平日，我總嫌寫作時間不夠，一有空檔，便躲進書房裏寫個天昏地暗。那星期，時間多的是，看書卻覺不舒服，執筆亦提不起勁。一直以來，我的生活模式就是上班工作，下班寫作，這樣過活其實非常沒趣，而且不健康，因此，長期不注意健康，過度虛耗，欠缺運動，常吃垃圾食物，身體慢慢變壞，終於，突如其來的警號響起，提醒我，是時候作出改變。

有一晚，我跪下祈禱，結論是，不管病癒與否，日後我都會改變生活習慣。閱讀是一種習慣，寫作是興趣。習慣和興趣，不是必然的或永遠的，需要改變，便要改變。那晚，有感而發，在Facebook寫下：「能夠寫小說是一份福氣，能透過文字與讀者交流是一種緣分。」福氣與緣分總有盡時，「Q版特工」走紅校園二十年，有些第一代讀者已為人父母，有些更唸完碩士、博士，對於文字，我是無憾了，暫時放下，不算可惜。

平生寫作，先求自娛，讀者的喜或惡，乃是次要。如今，失去趣味，倒不如停筆，作其他更覺有趣的活動。

作什麼活動？健康是首要的考慮。

我想起少年時喜歡踢球、天天習武。現在，踢球已沒可能，昔日的隊友，包括我，早就跑不動，不過，近年大家經常相約行山，我嫌花時間，一去至少半天，都沒參加，現在是歸隊的時候了。至於習武，亦屬不錯，從前隨家兄學習楊家太極拳，倒也像模像樣，拳劍刀棒、推手、大履等，全都曉得，後來當了「文青」，醉心寫作，「武功」荒廢。家兄則十年如一日，拳不離手，已有大成，更是桃李滿門，再跟他學藝，確是樂事，而且多練拳，強身健體，不在話下。

做事不能三分鐘熱度，要全情投入，方能充分享受箇中樂趣。時間有限，顧此自然失彼，因此，小說創作，勢必減產或停產。

這冊帶點「京味」的《Q版特工》第38集，即使不是「Q版特工」的最後一集，系列也會暫停出版一段日子。

各位讀友，後會有期。

《Q 版特工 35 元朗故事》

榮獲 第 28 屆中學生好書龍虎榜「十本好書」的獎項，

作者 梁科慶 更獲選為中學生最喜愛作家。